Edition
CONVERSO

Gazmend Kapllani

UNENTBEHRLICHES HANDBUCH ZUM UMGANG MIT GRENZEN

Edition CONVERSO

Es ging mir nicht darum, etwa nach Paris oder London zu reisen, o nein, solche Ziele versuchte ich mir gar nicht erst vorzustellen, und sie interessierten mich auch nicht, ich wollte nur irgendwie die Grenze überschreiten, *egal, welche, denn wichtig war für mich nicht der Ort, das Ziel, das Ende, sondern der beinahe mystische und transzendentale Akt des* Überschreitens der Grenze.

aus: Ryszard Kapuściński
»Meine Reisen mit Herodot«
aus dem Polnischen von
Martin Pollack,
Berlin 2013

VORWORT

Grenzen liebe ich nicht besonders. Aber um ehrlich zu sein, wirklich hassen tue ich sie auch nicht. Ich habe einfach Angst vor ihnen, und mir ist gar nicht wohl, wenn ich ihnen direkt gegenüberstehe. Ich spreche zunächst von den geografischen, den sichtbaren Grenzen, von solchen, die Länder, Staaten und Nationen voneinander trennen.

Auch heute, da die Grenzen sehr viel durchlässiger geworden sind, überkommt mich bei jedem Grenzübertritt ein merkwürdiges Gefühl: eine Mischung aus Erleichterung und Unbehagen. Vielleicht wegen des Passes, den ich inzwischen mit mir herumtrage. Auf jeden Fall habe ich mich an den misstrauischen Blick der Grenze längst gewöhnt. Sehnsüchtig schaue ich ihr entgegen, kann es kaum erwarten, sie zu überqueren, während sie mir fast immer feindselig oder argwöhnisch entgegenblickt. Ich versuche, sie zu besänftigen, sie davon zu überzeugen, dass ich keine Gefahr für sie bin. Sie hingegen denkt sich immer neue Vorwände aus, um mich zurückzuweisen und ja keine ebenbürtige Beziehung zwischen uns entstehen zu lassen. Aus den genannten Gründen kann ich also zu Recht behaupten, dass ich seit geraumer Zeit von einem *Grenzsyndrom* befallen bin. Dabei handelt es sich um eine Krankheit, die sich nur schwer klassifizieren lässt; sie ist im Übrigen nicht einmal auf der Liste anerkannter psychischer Störungen aufgeführt, wie zum Beispiel die Platzangst, die Höhenangst oder die Depression. Dennoch kann ich euch einen Eindruck verschaffen von den Symptomen, die damit einhergehen – nicht sofort, ein wenig später.

Auf jeden Fall weiß ich, dass es außer mir noch viele andere Menschen gibt, die unter dem Grenzsyndrom leiden. Doch – wer nie das Verlangen verspürt hat, eine Grenze zu überwinden, oder sich nie von einer Grenze zurückgestoßen sah, wird schwerlich nur verstehen, wovon ich spreche.

Meine problematische Beziehung zu den Grenzen hat schon recht früh, in meiner Kindheit, eingesetzt. In der Tat, ob man unter dem Grenzsyndrom leidet oder nicht, das ist großenteils vom Schicksal bestimmt: Es hängt nämlich davon ab, wo einer geboren ist. Ich bin in Albanien geboren.

1

Die Grenze eines totalitären Staates, wie Albanien es bis 1991 war, zu berühren oder gar sie zu überqueren, kam einem Wunder oder einer Todsünde gleich. Nur sehr wenige Menschen erhielten die offizielle Erlaubnis, sie zu passieren. Das waren dann die echten Glückspilze, und die waren für uns, für die Mehrheit also, beinahe so etwas wie Außerirdische.

Wir, die anderen, waren dazu verdammt, entweder nur zu mutmaßen, was auf der anderen Seite der Grenze existierte, oder die Idee, dass es jenseits der Grenze noch eine andere Welt gab, vollständig aus unserem Hirn zu verbannen, was eine gute Methode war, um zu überleben, sowohl seelisch als auch körperlich.

Bis eines Tages diese Welt-jenseits-der-Grenze im Unterbewusstsein vieler von uns nicht einfach nur die zeitliche und räumliche Fortsetzung unserer gemeinsamen Welt war. Je mehr Jahre vergingen, je stärker Albanien sich vom Rest der Welt isolierte, desto mehr verwandelte sich diese Welt-jenseits-der-Grenze in einen anderen Planeten. Für einige war es ein paradiesischer, für andere ein furchterregender Planet: auf alle Fälle ein völlig anderer Planet.

WARUM ERZÄHLST DU UNS DAS ALLES?

Ihr könnt mich jetzt fragen: Warum erzählst du uns das alles? Ehrlich gesagt, wenn du Migrant bist, besonders einer der ersten Generation, ist deine erste Reaktion die, im Schweigen zu verharren. Tief im Innern des Migranten herrschen Angst, Misstrauen und die Gewalterfahrungen während der Flucht und bei der ersten Berührung mit dem unbekannten Land. Und außerdem das Gefühl, unerwünscht zu sein, sowie Groll, Heimweh und gleichzeitig das Verleugnen der Heimat, Schuldgefühle und Wut. Der Migrant ist ein verwirrtes, ein verunsichertes Geschöpf und hat von daher Angst, sich zu bekennen. Es genügt eine ablehnende oder gleichgültige Geste seines Gegenübers, die ausdrücken mag »Was geht mich das an, woher du kommst und was du durchgemacht hast?!«, und schon fühlt der Migrant sich lächerlich, schutzlos und unzulänglich. Infolgedessen geht er lieber kein Risiko ein. Er quält sich einsam und allein mit seinen Erfahrungen und gelangt allmählich zu der Überzeugung, dass seine Geschichte keine Menschenseele interessiert. Schließlich ist seine Bestimmung ja auch nicht das Geschichtenerzählen, denkt er, sondern wie ein Hund ums Überleben zu kämpfen. Die anderen, die können ihn nicht nur, sie wollen *ihn auch nicht verstehen.*

Die Alternative ist, etwas zu riskieren, sich zu entblößen und sich zu dem schmerzhaften, widersprüchlichen Lebensweg eines Migranten zu bekennen. Er spürt, dass er Gefahr läuft, neurotisch und nachtragend zu werden, wenn er all das Erlebte für sich behält. Das größte Geschenk, das er sich erhoffen kann, wäre, dass jemand ihn versteht und mit ihm zugleich all jene, die nicht erzählen können, die es nicht wagen oder die einfach keine Zeit dafür haben und ihre Erzählungen in ihrem Inneren begraben. Einen Migranten kann man erst verstehen, wenn man seine Geschichte gehört hat.

2

Das Regime unternahm alles, um kein einziges Bild von der Welt-jenseits-der-Grenze zu uns gelangen zu lassen. Es kontrollierte, verhaftete und bestrafte. Ich erinnere mich noch genau an den Tag – ich war damals in der zweiten Klasse – als die Parteisekretärin unserer Grundschule ins Klassenzimmer kam und uns unter anderem mit ernster Miene fragte, wobei sie die größte Anstrengung unternahm, honigsüß zu wirken, ob unsere Eltern denn noch andere Programme als die des albanischen Staatsfernsehens sähen. Mit der Unschuld eines Kindes, das sich vor seinen Mitschülern hervortun wollte, antwortete ich, ja, meine Eltern würden oft den Sender *Sabre* schauen. *Sabre* war natürlich kein Fernsehsender, sondern der Name eines Orts in der Nähe unserer kleinen Stadt Lushnja, den ich damals noch gar nicht kannte. Mein Vater war sich der Gefahr, die von meiner grenzenlosen kindlichen Neugier ausging, sehr wohl bewusst und verpasste also den ausländischen Sendern, die er heimlich schaute, verschiedene Pseudonyme. Aber auch das rettete ihn am Ende nicht. Am Nachmittag desselben Tages bestellte ihn die Schulleitung ein und verlangte eine Erklärung: was das denn für ein unerhörter Fernsehsender namens *Sabre* sei. Wegen derartiger Dinge konnte man ohne weiteres seine Arbeit verlieren. Und das war noch das Wenigste. Man konnte »reaktionärer Handlungen und kleinbürgerlicher Ansichten« beschuldigt werden und, nachdem man »wegen Propaganda gegen das Regime« vor Gericht gestellt worden war, in einem der schrecklichen Gefängnisse für politische Häftlinge oder in einem der Dörfer inmitten anderer Verbannter am Rande unserer Stadt landen. Und Sabre war das berüchtigtste. Tatsächlich gab es in unserem Land eine große Bandbreite an Möglichkeiten, wie man einem Menschen das Leben zur Hölle machen konnte. Mein Vater musste also Rechenschaft ablegen: Erstens, warum er nicht ausschließlich albanisches Staatsfernsehen schaute, sondern sich im minderbemittelten Lager der Kapitalisten, Imperialisten, Revisionisten, Titoisten, Monarcho-Faschisten und vieler anderer herumtrieb. Zweitens, warum er dem Sender ausgerechnet dieses Pseudonym gegeben hatte: Ob das etwa gleichbedeutend war mit indirekter, aber eindeutiger Unterstützung der Volksfeinde, also der ins Lager Sabre Verbannten? Er entgegnete kurz und bündig, er empfange keinen fremden Sender, und sie könnten ruhig kommen, um die Antenne auf unserem Flachdach zu kontrollieren.

Apropos Antennen: Wir Bürger waren vom Regime gezwungen, uns eine spezielle Antenne zuzulegen und diese in einer bestimmten Position aufzustellen, in der Bilder aus der Welt-jenseits-der-Grenze gar nicht erst zu empfangen waren. In Wahrheit besaß mein Vater zwei Antennen. Eine auf dem Dach, die für die Augen des Regimes bestimmt war, und die andere, die illegale, im Haus; die nannten wir die *Keratá*, die gehörnte, und konnten damit hauptsächlich italienische Sender empfangen.

Die Geschichte von den doppelten Antennen ist ein perfektes Bild für die Persönlichkeitsspaltung des Menschen unter einem totalitären Regime: Die eine Seite seiner Persönlichkeit setzte sich dem furchteinflößenden Blick des Regimes aus, die andere versuchte, im Privaten diesem allmächtigen Blick zu entkommen.

Glücklicherweise ging die Geschichte mit der Antenne noch einmal glimpflich aus: Ich fing mir von meinem Vater eine saftige Ohrfeige und hasste seitdem die Parteisekretärin. Außerdem begriff ich langsam, dass ich mich, obwohl ich noch ein Kind war, mich nicht mehr wie ein solches benehmen durfte, besonders nicht, wenn ich es mit der Parteisekretärin zu tun hatte. Ich war damals so wütend auf die Parteisekretärin, dass ich zum lieben Gott bete, sie doch ein großes Unglück erleiden zu lassen, denn nur so ließ sich meine Wut ein wenig dämpfen. Ich stellte mir bildlich vor, wie sie ausrutschte und sich ein Bein, besser noch beide Beine brach. Oder wie sie schwer erkrankte und entsetzlich leiden musste, bevor sie endlich starb. Oder wie ihr ein Ziegelstein auf den Kopf fiel und sie auf der Stelle tot war. Den Gipfel der Genugtuung verschaffte mir jedoch die Vorstellung, wie sie auf der Straße stürzte und von einem schweren Genossenschaftsfuhrwerk mit schmutzigen Rädern und klapprigen Gäulen überfahren wurde.
Die Zeit verging, und ich hatte meine sadistischen Phantasien beinahe schon vergessen, als ich erfuhr, dass meine Gebete teilweise erhört worden waren, nur in vollkommen anderer Form. Die Parteisekretärin litt nämlich an einer sonderbaren Krankheit, aufgrund derer sie, so schien es, immerzu lächeln musste. Unvorstellbar so etwas, denn bis dahin war sie der mürrischste Mensch der Welt gewesen! In der Schule hatten wir sie aus eben diesem Grund *die Statue* genannt. Jetzt aber brachen die Leute auf jeder Parteiversammlung, sobald sie erschien, in schallendes Gelächter aus. Daraufhin brüllte sie vor Wut, und je mehr sie brüllte, desto mehr vermittelte sie den Eindruck, als würde sie wie blöd lachen. Es handelte sich um einen nervösen Tick.

Die Sache mit ihrem nervösen Lachen gelangte bis zum Zentralkomitee der Partei, und das beschloss, die Parteisekretärin aus ideologischen, parteiinternen und vor allem aus revolutionsimmanenten Gründen vorzeitig in Rente zu schicken. Auf ihrer Position sei sie nicht nur ungeeignet, sondern sie schade in gehörigem Maße der Revolution und der Diktatur des Proletariats. Seither habe ich nie wieder etwas von ihr gehört.

FLUCHT BEDEUTET BRUCH MIT DER HEIMAT

Ein echter Migrant ist ein Egoist, ein unverbesserlicher Narzisst. Er glaubt, dass er das Land, in dem er geboren ist, nicht verdient hat. Ein Land, so voller Armut, mit so wenig Zukunft, so viel Gewalt, so viel Verfall, so viel Schmutz, so viel Heuchelei, so wenig Liebe, das hat er nicht verdient. Aus diesen Gründen ist die Fremde seine erste Wahl.

Flucht bedeutet: der Migrant hat sich entschieden, mit dem Land, in dem er geboren ist, zu brechen. Und dieser Bruch wird ihn sein Leben lang begleiten. Er wird zum Quell all seiner Schuldgefühle und seiner Freiheit, seiner Verdrängung und seiner Verleugnung, seiner Erinnerung und seiner Sehnsucht, seines Vergessens und seiner Melancholie, seiner widerstreitenden Gefühle und seiner Schizophrenie. Erst wenn er es in der Fremde zu etwas gebracht hat, kann er sich wieder mit seinem Land versöhnen. Ist er dort aber erfolglos und bringt es zu nichts, dann verliert er jeden Halt, und der Bruch mit der Heimat wird für ihn ein Bruch mit der ganzen Welt, dem ganzen Universum. Er wird vorgeben, sein Herkunftsland übertrieben zu lieben, nur um sich an seiner neuen Heimat zu rächen: So fest hatte er doch daran geglaubt, dass sie ihm eine bessere Zukunft bescheren würde! Aber die hat sie ihm, so meint er, verweigert. Schließlich hatte er sich doch dieser neuen Heimat wegen seinem eigenen Land verweigert, hatte mehr an diese als an jenes geglaubt. »Und das allein soll nicht ausreichen, damit sich mir alle Türen weit öffnen?«, wundert er sich.

3

Mit den Antennen sind noch zwei weitere Personen verbunden, die meine Kindheit geprägt haben: Onkel Jani und der Genosse Mete. Onkel Jani kannte ich sehr gut, von klein auf, denn er wohnte im vierten Stock unseres Mietshauses, wir im dritten. Er war ziemlich bekannt in unserer kleinen Stadt, in erster Linie, weil er den äußeren und vor allem den inneren Feinden der Nation und der Revolution einen erbitterten Kampf angesagt hatte. Aus den Unterhaltungen der Erwachsenen bei mir Zuhause, aber auch bei meinen Freunden hatte ich mitbekommen, dass er irgendwo in seiner Wohnung eine ellenlange Liste versteckt haben musste, auf der er den Tagesablauf und das Treiben aller verdächtigen Einwohner unseres Städtchens notierte. Wehe dem, der auf dieser Liste landete! Das bedeutete nämlich: bald schon wird ein Unheil über ihn und seine Familie hereinbrechen!

Die Gerüchteküche brodelte, und Onkel Janis Liste hatte inzwischen mythische Ausmaße angenommen. Manche sagten, bei dieser Liste handle es sich um ein einfaches Notizbuch, andere sprachen von einem ungeheuer schweren Buch, in dem nicht nur die Verdächtigen unserer Stadt, sondern auch die der Nachbarstadt aufgeführt seien.

Onkel Jani soll derart gnadenlos Jagd auf die inneren Feinde gemacht haben, dass auf seiner Liste sogar die eigene Schwiegertochter zu finden war. Da die ganze Familie in einer Wohnung zusammenlebte, will er eines

Nachts, als sie schlief, aus ihrem Mund die folgenschweren Worte gehört haben: »Ich scheiß auf die Parteiversammlung …«
Unabhängig vom Umfang dieser Liste hatten wir, um ehrlich zu sein, keine Opfer in unserem Haus zu beklagen. Mit Ausnahme von Kemes Sohn, der eines Abends sturzbetrunken heimkam und zu seinem Unglück auf Onkel Jani traf. Der durchbohrte ihn mit strengem Blick, worauf Kemes Sohn, der als Lastenträger arbeitete, sagte: »Es heißt zwar, dass Betrunkene ihren Geruchssinn einbüßen, aber einen stinkenden Spitzel wie dich, den rieche ich noch meilenweit gegen den Wind«, und dabei bog er sich vor Lachen. Diesen Leichtsinn bezahlte Kemes Sohn mit seinem Arbeitsplatz. Alle sagten, er sei noch mal mit einem blauen Auge davongekommen. Onkel Jani hätte in diesem Falle bewiesen, dass er doch so etwas wie ein Herz besaß – hätte er nämlich gewollt, wäre es für ihn ein Leichtes gewesen, Kemes Sohn in die Verbannung oder sogar ins Gefängnis zu schicken.
Onkel Jani war nicht der einzige, der Jagd machte auf die inneren Feinde. Da gab es noch so manchen anderen in unserer Stadt, einige waren bekannt, andere nicht. Der Genosse Mete zum Beispiel war uns nicht bekannt; von ihm und seiner tragischen Geschichte erfuhren wir erst später. Das Spezialgebiet, ja die Leidenschaft des Genossen Mete war es, den inneren Feind aufzuspüren, indem er die Ausrichtung der Fernsehantennen kontrollierte. Es gab keine Dachterrasse in unserer Stadt, die er nicht schon drei- oder viermal erklommen hätte – natürlich stets zu nächtlicher Stunde, um ungesehen überprüfen zu können, ob die Position der Antennen auch tatsächlich den Parteirichtlinien entsprach. Er hatte eine lange Liste angelegt, auf der er nebst Vor- und Nachnamen der

Betroffenen notierte, wie die jeweilige Antenne ausgerichtet war. Konnte der Genosse Mete tatsächlich eine Abweichung von den Parteirichtlinien feststellen, eilte er zu den zuständigen Organen, um Meldung zu machen. Dann konnte es passieren, dass der Abweichler in einem Kanal landete – freilich nicht in einem Fernsehkanal, sondern beim Kanalbau – wo er viele Jahre schuften musste.

Eines Nachts wurde die legendäre Liste des Genossen Mete entdeckt, und zwar gegen Mitternacht auf dem Dach unseres Mietshauses; ihn allerdings trennten fünf Stockwerke von seiner Liste, um genauer zu sein, befand er sich infolge eines spektakulären Sturzes von der Dachterrasse auf den regennassen Boden auf Erdgeschossniveau. Sein Sturz war von einem markerschütternden Schrei begleitet, der die gesamte Nachbarschaft, auch die in den ferner liegenden Häusern aus dem Schlaf riss. Der Genosse Mete war beim Aufprall augenblicklich tot. Es war ein tragischer, viel zu früher Tod. Auf seiner Beerdigung sagte der Parteisekretär, der Genosse Mete sei mutig und wie ein Held an der vordersten Front des Klassenkampfs und beim Aufbau des Sozialismus gestorben. Trotzdem blieben die Hintergründe seines Todes ein Rätsel, was die Phantasie der Einwohner unseres Städtchens weiterhin intensiv beschäftigte.

DER MIGRANT UND DAS *REICH DES MÜSSENS*

Du musst eine Arbeit finden. Irgendeine Arbeit. Du musst überleben. Du musst eine Wohnung finden, irgendeine Wohnung, Hauptsache, sie gleicht einer Wohnstätte. Du musst diese neue Sprache lernen und kannst noch kein Wort, verwechselst »Gute Nacht« mit »Guten Abend«. Du musst lernen, leiser zu sprechen, nicht zu schreien, weil dein Gegenüber sonst erschrickt — hier bist du nicht mehr in deinem Dorf. Du musst dich vor den Mannschaftswagen der Polizei in Acht nehmen, denn du kamst ungebeten und fällst stark auf mit dieser leidgeplagten Miene und der altbackenen Frisur, wie die Menschen dieser Stadt sie seit Jahrzehnten nicht mehr tragen, vor allem mit diesen Klamotten, denen man deutlich ansieht, dass sie dir jemand geschenkt hat – oder hast du sie gar irgendwo geklaut? Du musst lernen, in normalem Tempo zu gehen, denn du läufst noch immer, als wäre der Teufel hinter dir her. Du musst auch die Straßenverkehrsregeln lernen, natürlich nur die für die Fußgänger. Du darfst die hübschen einheimischen Mädchen nicht mit diesem Blick ansehen, der an Quasimodo erinnert, mit dem er Esmeralda in Der Glöckner von Notre Dame *anschaut. Müssen … Müssen … Müssen … Ohne Ende, ohne Verfallsdatum. Jeden Tag, jede Nacht, jede Woche, jeden Monat, jedes Jahr. Du hast nicht das Privileg, etwas zu* wollen*, du bist dazu verdammt, mit diesem unerbittlichen* Müssen *zu leben. Denn du musst es schaffen. Vor allem das. Das ist der Eid, den der Migrant vor sich selbst ablegt. Bei Ärzten ist es der Eid des Hippokrates, beim Migranten der Ich-muss-es-schaffen-Eid. Dieser Eid ist von nun an seine wahre Heimat. Er muss es schaffen, nicht nur, weil seine Familie in der fernen Heimat etwas von ihm erwartet. Das ist noch das Geringste. Er muss es schaffen, um nicht als Gescheiterter in* *diese Heimat zurückzukehren. Der Gedanke ans Scheitern lässt ihn zittern wie ein Kind, das sich im Dunkeln fürchtet. Er muss es schaffen, aber wie? Genau an dieser Stelle scheiden sich die Wege der Migranten: in die der Erfolgreichen und der Gescheiterten, der Akzeptierten und der Abgelehnten, der Glückspilze und der Pechvögel. Denn so sehr die Migranten sich auch ähneln mögen, unterscheiden sie sich dennoch beträchtlich voneinander, so wie alle Sterblichen auf dieser Welt.*

4

Es waren zwei Versionen im Umlauf, wie es zu dem Sturz des Genossen Mete vom Dach gekommen war. Die erste, die man sich hinter vorgehaltener Hand zu Hause und in den Cafés erzählte, besagte, dass der Genosse Mete außer unter seiner klassischen Leidenschaft für die Kontrolle der Antennenausrichtung auch noch unter einer anderen, äußerst merkwürdigen Leidenschaft litt. Es hieß, er würde für sein Leben gern Paaren bei der Liebe zusehen. Außerdem liebte er es über die Maßen, heimlich den nackten Hintern der Frauen zu begaffen, wenn sie auf der Toilette saßen oder ein Bad nahmen. An jenem schicksalhaften Abend also, so erzählte man sich, beobachtete er vom Dach aus die Richterin, die im obersten Stockwerk unseres Hauses wohnte, wie sie ihr Bad nahm, und geriet beim Anblick ihres enormen Hinterteils in Verzückung. Gänzlich seiner Leidenschaft hingegeben und bemüht, seinen Genuss um kein Quäntchen zu mindern, hatte er sich, ohne den Neigungswinkel des Dachs zu beachten, in eine gefährliche Position gebracht. Zu seinem Pech hatte es vorher geregnet, und so kam es, dass er abrutschte und dabei den Hintern der Richterin aus dem Blick und sein Leben verlor. So weit die Verfechter der ersten Version.

Die zweite Version stammte von Onkel Jani. Nach der war der Genosse Mete ein Opfer der Verschwörung der Feinde im Innern des Staates geworden. Onkel Jani schwor, nicht eher aus dem Leben zu scheiden, bevor er den Feind gefunden hätte, der hinter diesem hinterlistigen Mord und dem heldenhaften Tod des Genossen Mete steckte. Eines Tages verkündete er, dass er mit seinen Nachforschungen gut vorankäme und der Feind höchstwahrscheinlich in unserem Haus zu finden wäre. Diese Ankündigung rief unter den Bewohnern große Panik hervor. Keme fürchtete aufgrund der Vorgeschichte seines Sohnes, dass Onkel Jani ihn als Hauptverdächtigen auf die Liste setzen könnte, und verkaufte flugs seinen Fernsehapparat, damit erst gar nicht der Verdacht aufkommen könnte, er würde ausländische Sender schauen. Unser Nachbar Loni wurde wegen ernsthafter psychischer Störungen im Krankenhaus behandelt, nachdem er geträumt hatte, Onkel Jani habe ihm befohlen, die Leiche des Genossen Mete wieder auszugraben. Onkel Jani aber starb völlig unerwartet an einem Herzinfarkt. Nicht wenige Menschen in unserem Haus atmeten erleichtert auf – nur im Verborgenen, das versteht sich.

EIN NAHEZU LÄCHERLICHER HELD

Allein das Verlassen seiner Heimat verleiht dem Migranten etwas vom Glanz eines Helden. Im Alltag aber erweist er sich als fragil und verwirrt, ja zuweilen als lächerlich. Er ähnelt einem Kartenspieler, der vom großen Coup träumt und noch nicht einmal die Spielregeln kennt. Er hatte geglaubt, dass im Gastland die Dinge einfacher und alle bereit wären, ihm unter die Arme zu greifen, ihm die Spielregeln beizubringen, ihn loben würden, wenn es ihm gelänge, gegen sie zu gewinnen. Jetzt entdeckt er, dass seine Idole keinen Pfifferling auf ihn geben. Und noch Schlimmeres entdeckt er: Niemand hat ihn, den Migranten, eingeladen, ungebeten ist er in dieses Land gekommen. Und für die anderen ist er wie Luft, als existiere er gar nicht, bestenfalls schenkt man ihm einen Blick voller Bedauern oder voller Abscheu.

Wenn er doch nur ihre Sprache beherrschte, denkt er, dann könnte er all jenen, die ihn keines Blickes würdigen, zeigen, was er wert ist. Das müssen sie nämlich unbedingt erfahren. Er spricht aber ihre Sprache nicht; er steht unter Schock, weil die Einheimischen so schnell sprechen, dass es wie eine ratternde Nähmaschine klingt. Nein, ausgeschlossen, dass er diese Sprache lernt, sollen sie sich doch zum Teufel scheren, sie und ihre Sprache! Doch lernt er ihre Sprache nicht, findet er keine Arbeit und kann nicht überleben. Also gut, dann lernt er gerade mal das Notwendigste. Die ersten zehn Wörter. Die ersten zehn Sätze. Und er lernt sie, ohne dass ihm richtig bewusst wird, wie er das tut. Überrascht stellt er fest, dass diese Sprache gar nicht so schwer ist. Dann entdeckt er, dass diese Sprache ihm zu gefallen beginnt, denn jetzt, da er die Sprache spricht, ist er keine stumme Erscheinung mehr. Doch rasch verfliegt seine erste Begeisterung. Er spricht die Sprache nicht, er macht sie ka-

putt, er zersägt sie förmlich. Die weiblichen Namen macht er zu männlichen, die männlichen zu weiblichen, und die meisten Substantive verlieren ganz ihr Geschlecht, werden zu Neutren. Am Anfang war er stumm, nun ist er eine Nervensäge.

5

All das geschah zu der Zeit, da das Regime unser Albanien zu einem blühenden Garten und einzigartigen Leuchtturm für die ganze Weltgemeinschaft erklärt hatte. Die Lehrer in der Schule sagten uns immer wieder, dass wir so etwas wie das auserwählte Volk seien. Und wenn man zum auserwählten Volk gehört, ergeben sich zwei Obliegenheiten: Erstens die nicht Auserwählten zu hassen, und zweitens, um jeden Preis glücklich zu sein. Das Glücklichsein ist in einem totalitären System keine Frage der Wahl oder des Zufalls: Es ist eine Pflicht. Sein Unglücklichsein öffentlich kundzutun, erregt Verdacht.

Um es kurz zu machen, wir waren die einzigen Glücklichen, die durch und durch reinen Menschen, die alleinigen Opfer. Während sich auf der anderen Seite der Grenze die Unglücklichen, die Lügner und Betrüger, die Primitiven, die Verseuchten, die Täter befanden. Schon manches Mal habe ich gedacht, dass wir Albaner so etwas wie das große Los des Weltenglücks gezogen hatten: Alles Glück, alles Echte, die vollkommene Reinheit der Welt fand sich zusammengedrängt auf achtundzwanzigtausend Quadratkilometern, der Fläche Albaniens.

Da sich die Welt für uns also in das Paradies (wir) und die Hölle (die ganze übrige Welt) gespalten hatte, wurde jemand, der versuchte, die Grenzen des Paradieses zu überschreiten und zu fliehen, automatisch für einen Insassen der Hölle gehalten. Deshalb waren auch die Reisepässe abgeschafft worden, sie hatten für uns ohnehin keinen Nutzen, und ein Fluchtversuch galt als Hochverrat.

Eines schönen Tages, ich lebte noch gänzlich in meiner kindlichen, sorgenfreien Welt, verschafften sich die Grenzen auf blutige Weise Zutritt zu meinem verträumten Kopf. Der Tod meines Nachbars Artur brachte sie wie furchteinflößende Gespenster in mein Leben.

WENN DU TOURIST WÄRST

Wenn du Tourist wärst, dann klänge dein gebrochenes Griechisch für die Ohren der Zuhörer ganz reizend. Der ganze Unterschied besteht am Ende darin: Wenn ein Amerikaner gebrochen Griechisch spricht, ist er ein sympathischer Amerikaner. Wenn ein Albaner gebrochen Griechisch spricht, ist er nichts anderes als ein Scheißalbaner. Wenn ein Amerikaner sehr gut Griechisch spricht, ist er im Allgemeinen ein bewundernswerter Amerikaner. Wenn aber ein Albaner hervorragend Griechisch spricht, dann bekommt er den Spruch zu hören: »Grieche wirst du trotzdem nie, Albaner bleibt Albaner«.

Da er also ein beklagenswerter illegaler Einwanderer ist, reizt sein gebrochenes Griechisch die Nerven der Einheimischen. Und das hat er völlig verinnerlicht. Wenn er in einen Bus steigt, vermeidet er es, Fragen zu stellen, und wenn er etwas gefragt wird, fängt er an, vor Verlegenheit zu schwitzen, und antwortet extra leise. Doch die Einheimischen drehen sich trotzdem nach ihm um, wenn sie seine Aussprache hören, und er kommt sich vor wie ein Aussätziger.

Warum sehen sie mich so voller Angst an, fragt er sich. Er würde gerne in seinem holprigen Griechisch zu ihnen sagen: »Ich diese Land liebe. Was Angst?« Aber diese Frage stellt er nicht, er kennt die Antwort im Voraus: »Hörst du dir eigentlich selber zu? Guckst du denn keine Nachrichten? Ihr habt uns nach Strich und Faden beklaut, ihr habt uns niedergemetzelt! Man sollte euch alle einsammeln und in euer Scheißland zurückverfrachten!« »Jetzt schon?!«, fragt er sich im Stillen, »jetzt schon soll ich in mein Land zurück? Ich habe doch gerade erst Arbeit gefunden und schufte wie ein Ackergaul, von morgens früh bis abends spät, bei Wind und Wetter. Schaut euch meine Hände an, sie sind total zerschunden, ja, ich arbeite, damit eure Hände schön und glatt bleiben. Ich will auch ein Auto kaufen. Nein, zuerst eine große Stereoanlage, dann einen großen Farbfernseher, dann eine richtige Waschmaschine, dann … dann sehen wir weiter …«

Und in dem Moment wird ihm bewusst, dass ihn die Bezeichnung »Euer Scheißland« gestört hatte. Er kennt die Scheiße seines Landes, darum ist er ja geflohen. Aber deswegen ist es noch lange kein »Scheißland«. Auch dort gibt es Kinder wie hier, auch dort gibt es Mütter, die ihre Kinder lieben, auch dort gibt es Jugendliche, die sich verlieben wie hier. Auch dort gibt es Menschen, die Hoffnungen hegen und die enttäuscht werden. Na ja, wenn wir ehrlich sind, dort nehmen die enttäuschten Menschen immer mehr zu.

Plötzlich muss der Bus anhalten, und zwei Herren steigen ein. Sie tragen die gleiche Uniform und haben beide einen aggressiven Gesichtsausdruck. Das Blut gefriert ihm in den Adern: »Illegale Einwanderer raus, raus, raus, raus!« Und er steigt aus, die Stufen hinunter, immer weiter abwärts, tiefer geht's nicht mehr, verdammte Scheiße!

6

Das geschah, als plötzlich die Chinesen in unserer Stadt auftauchten. Ganz friedlich, als wären sie vom Himmel gefallen, marschierten sie eines schönen Tages in unserer Stadt ein. Wir wachten auf und sahen sie. Auch sie sahen uns. Zu Dutzenden, alle in blauer Uniform, die rote Mao-Bibel in der Hand, schritten sie geschäftig umher. Zu dieser Zeit war Albanien in leidenschaftlicher Liebe zu China entflammt. Die kleine Stadt beobachtete die vielen Chinesen etwas verwirrt und konnte nicht nachvollziehen, was sie hier zu suchen hatten.

In den Cafés brodelte die Gerüchteküche, höchst verwegene Hypothesen wurden aufgestellt. Die Einheimischen äußerten vor allem, dass es für sie sehr schwierig sei, einen Chinesen vom anderen zu unterscheiden, da sie sich wie ein Ei dem anderen glichen. Doch immerhin eigneten sie sich ein paar chinesische Namen und Vokabeln an.

Es hieß, die Chinesen seien gekommen, um eine Fabrik zu bauen, in der Kriegsflugzeuge produziert werden. Eine phantasievollere Variante lautete, sie seien gekommen, um aus Albanien die größte Industrienation Europas zu machen. Am Ende stellte sich heraus, dass sie ganz einfach gekommen waren, um eine Kunststofffabrik im Umland zu errichten.

Was unsere Lehrer anging, so erklärten sie uns, dass wir jetzt keinen Feind mehr zu fürchten bräuchten, da Mao Tse-tung Enver Hodscha sein Wort gegeben habe und uns, sollte jemand es wagen, Albanien ein Haar zu krümmen, eine Milliarde Chinesen zur Verteidigung unseres Landes schicken würde. Kurz gesagt, aus einem äußerst kleinen Volk von drei Millionen würde aufgrund unserer Freundschaft mit den Chinesen eine Milliarde und drei Millionen werden.

Eines Morgens jedenfalls kam es zu einer höchst bizarren Begebenheit zwischen den Chinesen und den Einwohnern unserer kleinen Stadt. Die Chinesen hatten den Platz vor ihrem Hotel, dem einzigen in der ganzen Stadt, in Beschlag genommen und vollführten merkwürdige Bewegungen, als tanzten sie Ballett, aber in einem extra langsamen Rhythmus. Ein jeder ganz in sich versunken: Der eine bewegte den Kopf, ein anderer beugte sich ganz langsam hinunter zur Erde, wieder ein anderer zog das Knie zur Brust hoch. Wie sie sich da alle so in ihren blauen Uniformen bewegten, sahen sie aus, als wären sie nicht richtig im Kopf. Wir verstanden überhaupt nichts mehr. Fast die ganze Stadt hatte sich vor dem kleinen Platz versammelt, um die Chinesen anzustarren; und angesichts der großen Menschenansammlung hielt sich die Polizei in Alarmbereitschaft.

Da sprach sich mit einem Mal herum, dass das, was die Chinesen da machten, nichts anderes war als ihre Art von Gymnastik. Diese Nachricht entlockte einigen den Ausruf: »Allah, beschütze uns vor diesen Leuten!«

Die ganze Geschichte habe ich nur erzählt, weil sich Artur einige Wochen nach der Ankunft der Chinesen im Dezember am Silvesterabend in ein Dorf an der Grenze in der Nähe von Korça aufgemacht hatte. Dort lebte noch eine Tante von ihm, die er besuchen und gemeinsam mit ihr Neujahr feiern wollte.

Natürlich musste man eine besondere polizeiliche Genehmigung haben, um die Dörfer in Grenznähe zu be-

suchen, denn diese Gegend war Teil der »verbotenen Zone«.
Auf Arturs Beerdigung erfuhr ich, dass er gar nicht zum Dorf der Tante gefahren war, um Neujahr zu feiern, sondern um die Grenze zu überqueren und zu fliehen. Er hatte sich wohl ausgerechnet, dass die Grenzsoldaten in jenen Tagen besonders entspannt und nicht so wachsam wären wie sonst. Da hatte er sich verrechnet. Die Soldaten erwischten ihn und brachten ihn um. Auf seiner Beerdigung hörte ich zum ersten Mal, dass ein Soldat, der einen Menschen auf der Flucht tötete, als Prämie ein paar Tage Urlaub erhielt. Bei der Vorstellung, dass die Grenzsoldaten sich womöglich darum gestritten hatten, wer nun Artur töten durfte und dafür frei bekäme, lief es mir eiskalt den Rücken hinunter.
Arturs Tod traf mich schwer, regte zugleich aber auch meine Phantasie an. Die Grenzen in meinem Kopf nahmen langsam metaphysische Dimensionen an. Grenzen geisterten durch meine Träume, und im Wachzustand sog ich begierig jede Geschichte auf, die gerade im Umlauf war und von Verhaftungen, Tötungen und Fluchtversuchen handelte – die meisten waren missglückt, die wenigsten geglückt.
Menschen, denen die Flucht gelungen war, hielt ich für die stärksten und außergewöhnlichsten der Welt. Einige stammten von hier und ihre Namen erfuhr die ganze Stadt und wiederholte sie flüsternd. Nicht allein wegen ihres Tuns, sondern vor allem wegen des Terrors, der auf ihre Flucht gefolgt war. Ihre Familienmitglieder wurden verbannt, ihre Verwandten verloren ihre Arbeit und blieben auf ewig stigmatisiert, weil sie mit dem Volksfeind verwandt waren. Als potenzielle Feinde des Regimes wurden sie, genau wie die Aussätzigen im Mittel-

alter, auf Lebenszeit unter Generalverdacht gestellt und zu einer beliebten Zielscheibe für die zahlreichen Spitzel unserer Stadt.

ILLEGALE GRENZÜBERQUERUNG, IMMER WIEDER

Er wird die Grenze aber wieder passieren, er wird nach Griechenland zurückkehren. Korça – Kalampaka, acht Tage Fußmarsch und die Nacht unter Sternen verbracht, falls welche zu sehen sind. Dreihundert Dollar pro Kopf nimmt der »Führer«, der die geheimen Pfade kennt. Die Gruppe der Illegalen zählt gewöhnlich acht bis elf Personen. Der Basar *findet in Korça statt, das Geld behält der Bürge, und wenn sie von griechischen Soldaten geschnappt und zurückgebracht werden, wird jedem der gezahlte Betrag zurückerstattet. So lautet die Vereinbarung. Man kann sich aber nie darauf verlassen, denn der Bürge löst sich oft in Luft auf, und den Illegalen bleibt allein ihre Enttäuschung.*

Er aber wird wieder zu Fuß über die Berge nach Griechenland zurückkehren. In sechs Monaten werden sie ihn wahrscheinlich wieder schnappen und sehr wahrscheinlich auf die gleiche Weise. Wieder werden die zwei Herren mit den gleichen Uniformen und der angsteinflößenden Miene in den Bus steigen. Danach heißt es: »Käfig«: fünf Personen in einen zwei Mal zwei Meter großen Käfig auf dem Mannschaftswagen der Polizei gepfercht und ab in den Knast, in Erwartung der Auslieferung. Zankereien unter den Häftlingen, Gestank nach Urin, die reinste Scheiße.

Nach ein paar Tagen, wenn die erforderliche Anzahl Illegaler für den Transport zur Grenze beisammen ist, wird besagter »Käfig« ihn nach Kakavija bringen, und an der Grenze wird ein Lastwagen ihn in sein Dorf mitnehmen, und seine Verwandten werden fragen: »Haben sie dich schon wieder geschnappt?« Und die restlichen Dorfbewohner werden sich über ihn lustig machen, in etwa so: »Oh, ist er wieder geschnappt worden, der Arme! Na ja, für die Fremde braucht es Eier in der Hose …«

7

Ein großes Land – wie Russland zum Beispiel – das sich mit seinen hermetisch abgeriegelten Grenzen vom Rest der Welt isoliert, gleicht einem endlosen Gefängnis. Ein kleines Land wie Albanien mit seinen hermetisch abgeriegelten Grenzen gleicht dem reinsten Irrenhaus.
Als ich in der Oberstufe war, sprachen wir, ich und meine Freunde – natürlich nur die, mit denen ich meine Gedanken zu teilen wagte –, oft davon, dass es genügte, auf das flache Hausdach hinauszutreten, um von dort aus die Grenzen unseres Vaterlands zu betrachten.
Eines Tages machten wir einen Schulausflug nach Saranda, von wo in der Nacht die Lichter der Welt-jenseits-der-Grenze zu sehen waren. Ob es sich um Lichter eines Dorfes oder einer Stadt handelte, war unbekannt. Wir standen da, schauten, träumten und fragten uns insgeheim: »Wie mag die Welt dort drüben wohl sein?« Jeder schilderte seine eigene Version und ließ Gerüchte oder Bilder aus dem Fernsehen in seine Geschichten einfließen. Der Phantasie waren keine Grenzen gesetzt. Wir sprachen über wunderschöne Strände, über Schwimmbecken, über Farbfernseher, besonders aber über hübsche Mädchen, die weder überschüssige Pfunde noch Tabus hatten. »Die Mädchen dort sind frei, sie warten nicht darauf, angemacht zu werden, *sie* machen die Jungs an«, sagte einer. »Dort herrscht Freiheit, Leute! Wie soll ich es ausdrücken, der Sex lauert dir regelrecht auf, ja, das ist es«, fuhr ein anderer fort und heizte unserer pubertären Phantasie und Libido bis zur Unerträglichkeit ein.

Da fragte eines der Mädchen aus unserer Klasse, eine exzellente, aber hoffnungslos naive Schülerin, unseren Marxismus-Leninismus-Lehrer, wie es denn zu erklären sei, dass die Städte der Kapitalisten in hellstem Licht erstrahlten, während wir gelernt hatten, dass die Proletarier dort drüben Hungers sterben und in dunklen Baracken leben. Der Lehrer sah sie über die Brille hinweg an, ließ seinen Blick über die ganze Klasse schweifen und antwortete – nachdem er schließlich zu der Überzeugung gelangt war, dass diese Frage einfach nur das Ergebnis naiver Unschuld war – mit der gewohnten Ruhe, wie er sie an den Tag legte, um uns zu erklären, dass die Proletarier im kapitalistischen Westen zwanzig Stunden am Tag arbeiten und sich nur von Wiesenkräutern ernähren: »Es scheint, dass einige von euch, anstatt zu schlafen, um dem Klassenfeind ausgeruht entgegenzutreten, wach geblieben sind und die Lichter der griechischen Monarcho-Faschisten gesehen haben. Also die vielen Lichter gehören zu den Villen der Reichen. Sie leben in riesigen Häusern, während die Arbeiter hungern, nichts besitzen und in Löchern hausen. Ihr Leben findet gänzlich im Dunkeln statt – im Gegensatz zum glücklichen Proletariat in unserem Land. Schaut euch die Aufzeichnungen der letzten Stunden noch einmal an. Dann werdet ihr ruhig schlafen, ohne dass euch reaktionäre Fragen quälen. Habt ihr mich alle verstanden?«

Selbstverständlich hatten ihn alle verstanden. Ich hatte den Eindruck, selbst die naive Schülerin hatte ihn verstanden, denn plötzlich wurde sie ganz blass, setzte sich hin und brachte keinen Pieps mehr heraus.

Außer den Grenzen, die man in Wirklichkeit weder sehen noch berühren und schon gar nicht überqueren konnte, gab es die »verbotenen Zonen«: Es handelte sich um

Gebiete, die dreißig oder vierzig Kilometer von der Grenze entfernt lagen und für deren Betreten man eine besondere polizeiliche Genehmigung brauchte. Wurde man dort ohne eine solche Genehmigung angetroffen, galt man automatisch als fluchtverdächtig. Und insofern besaß Albanien doppelte Grenzen: die offiziellen Staatsgrenzen und die »verbotenen Zonen«, die als inoffizielle Grenzen vor den offiziellen fungierten. Das hieß, in welche Richtung auch immer man ging, stets stieß man an Grenzen.

In dieser Situation waren die einzigen Fenster zu der Welt-jenseits-der-Grenzen das Fernsehen und das Radio. Besonders wir jungen Leute versuchten die Zeichen jenes anderen Planeten zu empfangen und zu entschlüsseln, was jedoch nicht möglich war, solange man die Sprache des anderen Planeten nicht verstand. Also entwickelte sich, besonders in den Städten, eine wahre Leidenschaft für Fremdsprachen – vor allem für das Italienische.

Das Erlernen von Fremdsprachen war weder ein Hobby noch ein Luxus oder diente einem konkreten Zweck: Es war einfach eine unglaubliche Verlockung, mittels der Phantasie dorthin zu reisen, wohin leibhaftig zu reisen streng verboten war: in die Welt-jenseits-der-Grenze. In unserer Phantasie idealisierten wir die-Welt-jenseits-der-Grenze, und je unerträglicher die Unterdrückung durch das Regime wurde, desto idealer erschien sie uns. Das Regime hatte die Welt in eine absolut gute und in eine absolut schlechte unterteilt, und das hatten auch wir getan, nur in genau umgekehrter Richtung: Die absolut schlechte war die Welt hier, innerhalb der Landesgrenzen, und die absolut gute die jenseits der Grenze. Das Regime brauchte zwingend die paranoide Angst vor dem

Fremden, um sich durchzusetzen und sich an der Macht zu halten. Und wir brauchten die übertriebene Verehrung alles Fremden, um uns der vollkommenen Verblödung zu widersetzen.

ZWEI JAHRE AUF DER GRENZE

Er wird sich einige Tage in diesem Scheißdorf aufhalten, wo sich nichts verändert, wo alles unbeweglich bleibt, wie auf einem Friedhof, wo die Menschen nur tratschen und einander mit ihrer Missgunst zur Strecke bringen.

Er wird wieder aufbrechen, die gleiche Strecke, Korça – Kalampaka, acht Tage Fußweg, denn er muss es schaffen. Und so wird er zehn, zwölf, neunzehn, sechsunddreißig Mal illegal die Grenze überqueren.

Der Weg hat viele Tücken. Im Sommer sind für gewöhnlich viele Soldaten unterwegs, um die Pfade zu kontrollieren und die »Illegalen« zu schnappen. Außerdem liegen viele bewaffnete Räuber auf der Lauer und klauen dem illegalen Migranten das letzte, was er bei sich trägt. Wer sich weigert, seine Taschen zu leeren, wird grün und blau geschlagen. Im Winter gibt es zwar weniger Soldaten und noch weniger Räuber, aber dann spielt man mit dem Schnee und den Wölfen russisch Roulette um sein Leben.

Er erinnert sich noch an den jungen Mann, er war gerade erst achtzehn Jahre alt. Zwei Tage glühte er vor Fieber, er hatte keine Kraft mehr und hauchte sein Leben dort im Schnee in den Bergen aus. Seine Begleiter begruben ihn und marschierten weiter, weil sie nichts anderes für ihn tun konnten. Sie liefen ja selbst Gefahr, im Schnee zu ersticken, weil sie in einen fürchterlichen Schneesturm geraten waren, jeder um das eigene Überleben kämpfte. Sie wanderten ganze Tage hindurch wie Schlafwandler, sie versuchten, nicht hinzufallen, weil das ihr Ende bedeutet hätte: Der Schnee hätte sie lebend begraben.

Der im Schnee sein Leben ausgehaucht hatte, hieß Eddi, und es war das erste Mal, dass er die Grenze überqueren wollte. Ein anderer

Mann und er hatten ihn auf ihren Schultern getragen, mit letzter Kraft zu zweit, fast einen Tag und eine Nacht lang, und ihm gut zugeredet: »Nur Geduld, wir schaffen das schon.« Der Schnee reichte ihnen bis zu den Hüften, und er betete zu Gott, dass sie auf eine Patrouille träfen – aber brauchte man einmal die Soldaten, dann ließen sie sich nicht blicken.

Wenige Tage bevor Eddi in ihren Armen starb, hatte er zu ihnen gesagt, sie sollten seine Freundin verständigen und sie in seinem Namen um Entschuldigung bitten dafür, dass er es nicht geschafft hat. Sie hatten sich gerade erst zwei Wochen zuvor verlobt, und er hatte ihr versprochen, sie nach Griechenland zu holen, sobald er Wohnung und Arbeit gefunden hätte. Eddi fand nie Wohnung und Arbeit in Griechenland. Er starb auf halber Strecke zwischen Korça und Kalampaka, acht Tage Fußmarsch.

Und plötzlich stellt unser Held eine einfache Rechnung auf: Vierunddreißig Mal in sieben Jahren hat er zu Fuß die Strecke Albanien – Griechenland zurückgelegt. Zuzüglich der Tage, die er jedes Mal in Haft verbracht hat, wenn sie ihn abgeschoben haben.

Unglaublich, sagt er sich im Stillen, innerhalb von sieben Jahren habe ich ungefähr zwei Jahre buchstäblich auf der Grenze verbracht.

8

Meine Heimatstadt Lushnja liegt am Adriatischen Meer, an dessen Küsten wir regelmäßig unsere Sommerferien verbrachten. Irgendwann ließ das Regime über die gesamte Länge und Breite von Albanien, besonders in den Gebieten an der Grenze und an der Küste hunderttausende Bunker errichten. Wir lebten in ständiger Erwartung des Feindes von allen Seiten, doch der fürchterlichste Feind würde offenbar vom Meer her einfallen. Der Strand, an dem wir als Kinder badeten, füllte sich immer mehr mit diesen Symbolbauten des Krieges.

Ironie des Schicksals war, dass ausgerechnet diese gruseligen Bunker zu besonders beliebten Schlupfwinkeln für Liebespaare wurden. Die Altäre des Krieges verwandelten sich also in Altäre der Liebe: In gewisser Weise rächte sich das Leben selbst an der Paranoia des Regimes.

Wie auch immer, die Bunker warteten, entlang des ganzen Strandes aufgepflanzt, auf den fürchterlichen Feind, während dieser Feind uns niemals den Gefallen tat, am Horizont zu erscheinen. Statt des fürchterlichen Feindes trug das Meer verschiedene bescheidene Gegenstände aus der Welt-jenseits-der-Grenze heran: vergammelte Säcke, Cola-Flaschen, leere Waschmittelbehälter mit diversen Aufschriften. Die Menschen nahmen diese Sachen als Dekorstücke für ihr Zuhause mit. Ich erinnere mich an eine Cousine, die sich über einen leeren grünen Kanister in noch gutem Zustand wie verrückt freute. Nur der liebe Gott weiß, wer ihn an der italienischen Küste weggeworfen hatte, nicht ahnend, dass er auf der anderen Seite des Meeres den Status eines Fetischs bekommen würde. Auf dem Behälter war das Logo einer Firma abgebildet, daneben eine Garnitur Damenunterwäsche, die Hand in Hand mit einer Garnitur Herrenunterwäsche spazieren geht, beide vom Salzwasser zerfressen, denn offensichtlich hatten sie eine lange Reise hinter sich. Meine Cousine nahm also den Kanister mit nach Hause, und ihre Mutter und sie beschlossen, ihm im Wohnzimmer einen Ehrenplatz einzuräumen, als handelte es sich um ein wertvolles Gemälde von Van Gogh oder von Picasso.

All diese Geschichten hatten etwas unbeschreiblich Komisches und zugleich unendlich Tragisches. Doch schaut man unter die Oberfläche, entdeckt man vielleicht etwas durch und durch Menschliches: die Leidenschaft der Menschen, nicht endgültig den Kontakt zu der Welt-jenseits-der-Grenze zu verlieren. So wie der Gefängnisinsasse die einfachsten Objekte aus der Welt draußen anbetet, weil sie ihn an seine Freiheit erinnern, so sammelten die Menschen auf diese tragikomische Art Beweise dafür, dass es diese Welt-jenseits-der-Grenze tatsächlich gibt; was auch ein Weg war, um die totale Isolation einfach zu ignorieren und sich selbst und den anderen zu versprechen, dass der ganze Wahnsinn eines Tages ein Ende haben wird.

Dass das Regime in den letzten Zügen lag, zeigte sich deutlich, als nachts nach und nach die Standbilder des Ewigen Führers auf Plätzen oder in öffentlichen Gebäuden stürzten. Jedes politische System hat so seine Tabus. Die des albanischen Totalitarismus waren die kleinen, mittleren, großen Monumente und Portraits des Ewigen Führers, die all überall präsent waren: auf den Plätzen, an den Fassaden, im Innern der öffentlichen Gebäude und auch der Wohnhäuser. Als ich noch klein war, glaubte ich, dass die Standbilder Menschen darstellten, die gestorben waren. Um dieses Rätsel zu lösen, fragte ich eines Tages meine Mutter: »Warum gibt es so viele Standbilder von Onkel Enver, obwohl er doch noch gar nicht gestorben ist?« Meine Mutter bedachte mich mit einem melancholischen und zugleich panischen Blick und antwortete: »Eines Tages werde ich es dir sagen, aber bis dahin versprich mir, nie und nimmer deiner Lehrerin eine solche Frage zu stellen.« So keimte in mir der Verdacht, dass sich hinter den Standbildern ein furchterregendes Geheimnis verbarg, das ich nicht entschlüsseln konnte und von dem ich nie erfahren durfte.

Als ich älter wurde, begann ich die Zusammenhänge besser zu verstehen. Zuerst verstand ich die Größenverhältnisse zwischen den Standbildern und der Angst. Je mächtiger die Unterdrückung und der Schrecken in den Seelen der Menschen, desto zahlreicher und größer waren die Standbilder.

Das Standbild des Tyrannen symbolisiert im Grunde die ewige Unbeweglichkeit der Tyrannei, deren Sinn und Zweck es ja ist, alles unter die Starrheit des Regimes zu stellen: die Gedanken, die Wünsche, die Zeit selbst, und damit alles vollkommen vorhersehbar und unbeweglich zu halten, wie auf dem Friedhof. Gemeinhin behauptet man, wenn einmal die Standbilder des Tyrannen und die Tyrannei selbst beseitigt sind, dann befreit sich auch das Volk, es gesundet und findet den Weg zu Wahrheit und zu Wohlstand. Doch leider funktioniert das nicht so automatisch. Tyranneien sind erbarmungslos, eben weil sie durch die ständige Unterdrückung entstellte und entkräftete Gesellschaften hinterlassen, die vor allem unter dem Komplex der Verwaisung leiden. Die Menschen, die sofort nach dem Sturz der Tyrannenstatue absurden Plünderungen und anderen zerstörerischen Aktionen frönen, handeln wie verwaiste Kinder: Sie plündern die Leiche eines betrügerischen und furchtbaren Vaters.

Ist die Statue weg, beginnt der qualvolle Weg der Selbsterkenntnis: In den Köpfen der Menschen, die in der Tyrannei aufgewachsen sind und so lange unter ihr gelebt haben, wirken die Bruchstücke der Tyrannenstatue noch viele Jahre fort.

DAS GESCHLECHT DER GRENZEN

Wir überwinden Grenzen nicht alle auf die gleiche Weise. Die Macht der Grenzen erinnert jeden von uns an seine eigene Herkunft, an seine Klasse und Kaste, an seine Hautfarbe. Und vor allem an die jeweilige Geschlechtszugehörigkeit.
18. März. An diesem Tag ging sie fort. Sie war erst siebzehn Jahre alt. Alle gingen fort. Das Land glich einem vergifteten Organismus, der in dem Bemühen zu überleben, Menschen ausspie. Doch bis zu jenem Tag war noch kein junges Mädchen aus seiner Stadt fortgegangen. Sie war die erste.
Die Menschen rannten, um der Hölle zu entkommen. Man sagt gemeinhin, dass es nur eine *Hölle gibt, in Wirklichkeit aber hat jeder Mensch seine eigene Hölle. Er hat vielleicht nicht immer sein eigenes Paradies, doch auf jeden Fall seine eigene Hölle. Und sie wollte dieser eigenen Hölle entfliehen: ihrem Vater. Seit sie denken konnte, wollte sie weg, wollte fliehen vor seinem Gebrüll, vor seinem verhassten Blick, vor dem Geschrei ihrer Mutter, das sie bis in den Schlaf hinein verfolgte. Heute noch sträuben sich ihr die Nackenhaare, wenn sie an sein bedrohliches Pochen an der Tür denkt. Sobald sie es hörte, wusste sie, was folgte. Jedes Mal die gleiche Szene. Jedes Mal die gleichen Methoden. Musik. Er drehte das Radio ganz laut, damit ihre Schreie nicht zu hören waren. Und nur dann war Musik im Haus zu hören. Wie von Sinnen traktierte er mit Fäusten ihren Kopf, bis seine Hände ganz rot waren. Danach zog er seinen Gürtel aus der Hose und drosch auf ihren Körper ein, bis ihr Fleisch aufplatzte und sie blutete. Und seine Schläge waren immer von derselben Frage begleitet: »Schämst du dich nicht!!?«*
Sind die Menschen überzeugt, dass es für sie keinen Ausweg mehr gibt, dann halten sie über eine unsäglich lange Zeit Schmerz, Elend

und auch Demütigungen aus. Ich weiß nicht, ob sie sich lediglich daran gewöhnen oder es einfach hinnehmen, auf jeden Fall lernen sie, damit umzugehen, weil sie es nicht ändern können. Genau so war es dieser jungen Frau ergangen. Sie hatte sich beinahe schon damit abgefunden, dass ihr Leben immer so weiter gehen würde. Ich sage, beinahe. Denn es gab etwas, das ihr half, nicht aufzugeben: Ihr Traum, Schauspielerin zu werden. Ja, sie wollte Schauspielerin werden. Vielleicht, weil sie von jeher das Leben der Anderen und nicht ihr eigenes hatte leben wollen.

Es geschah im letzten Jahr der Oberstufe. An der Schule gab es eine Theatergruppe, an der sie ohne Wissen des Vaters teilnahm. Aber eines Tages bekam er Wind davon, und das ganze Theater ging von vorne los: Musik, Fausthiebe, Gürtel, Geschrei, Blut, nur mit anderen Worten als Begleitung zu den Schlägen: »Schauspielerin? Nur über meine Leiche!«

Eine Woche nach den bezogenen Prügeln erfuhr sie, dass die Grenzen offen waren. Anfangs gingen nur wenige fort, danach immer mehr, alles Männer. Auch sie wollte weg. Die Flucht war das einzige, woran sie in diesen Tagen denken konnte. Sie wollte unbedingt fliehen, aber wie und mit wem?

Einer ihrer Cousins stellte ihr jemanden vor, den sie noch nie in ihrem Leben gesehen hatte. An diesem Tag regnete es stark, und so konnte sie seine Gesichtszüge nur undeutlich erkennen, zumal der Wunsch zu fliehen ihr ohnehin die Sicht vernebelte. »Ich bin vor drei Tagen aus Griechenland gekommen und reise übermorgen wieder dorthin ab«, sagte er. »Ich habe erfahren, dass du weg willst. Ich könnte dich bis nach Athen mitnehmen und dir helfen, Arbeit zu finden.« »Ja«, antwortete sie, »ich möchte weg. Wenn du mich bis Athen mitnimmst und ich dort Arbeit finde, werde ich dich von meinem ersten Verdienst bezahlen.« »Das ist ein Leichtes, wir treffen uns übermorgen« sagte er.

Sie hatten sich an einem Ort ein wenig außerhalb der Stadt verabredet. Die ganze Nacht konnte sie nicht schlafen. Am Morgen stand sie auf, nahm ihre Schultasche und packte statt ihrer Bücher nur ein wenig Kleidung ein sowie Fotos aus ihrer Kindheit, ein paar Scheiben Brot und Oliven für unterwegs. Langsam öffnete sie die Haustür. Wie gewöhnlich war er schon früh zur Arbeit aufgebrochen, und ihre Mutter ebenso. Sie ging auf die Straße hinaus und drehte sich immer wieder um, denn sie hatte Angst, er könnte sie verfolgen und würde plötzlich vor ihr stehen wie ein Gespenst in schlechten Kinderträumen.

Pünktlich war sie an der verabredeten Stelle. Kurz darauf kam auch jener Mann. Kaum hatten sie sich begrüßt, hielt schon ein großer Lastwagen vor ihnen. »Steig ein«, sagte er, »bevor uns noch jemand sieht«. Sie kletterte in den Wagen und im Innern erkannte sie das Gesicht ihres Cousins. Sie war überrascht, ihn hier zu sehen. Er hatte ihr nicht gesagt, dass er ebenfalls mitkommen würde. Er verhielt sich ihr gegenüber sehr kühl, sagte lediglich: »Ich habe mich erst im letzten Moment entschieden.« Der Lastwagen fuhr los. Und das war für sie das Entscheidende. Ständig wiederholte sie sich: »Nein, es ist kein Traum, ich gehe fort, ich gehe fort, ich gehe fort!« Der Lastwagen fuhr weiter, und sie ließen Dörfer, Städte, Menschen hinter sich, vor allem aber ihn: ihren Vater.

Am Nachmittag, ungefähr auf halber Strecke, hielten sie an, um etwas zu essen. Alle stiegen vom Lastwagen. Sie war die einzige Frau. Sie zählte die Männer: sieben. Sie aß nicht. Vor lauter Aufregung war ihr der Magen wie zugeschnürt. Als die Männer mit dem Essen fertig waren, zog jener Typ, der Freund ihres Cousins, sie in eine Ecke, sah sie mit drohender Miene an und sagte: »Ich sehe, du bist nachdenklich. Falls du es bereust, mitgekommen zu sein, zum Umkehren ist es jetzt zu spät, kapier das!« Sie stiegen wieder auf den Lastwagen und fuhren weiter in Richtung Grenze. Die meiste Zeit schwiegen sie. Der Typ saß nun dicht neben ihr und legte seine Hand immer wieder wie zufällig *mal auf ihr Bein, mal auf ihre Brust, mal auf ihre Schultern. Steif und verkrampft saß sie da und fragte sich erst jetzt: »Wer ist er? Mit wem bin ich da bloß mitgegangen?«*

Hilfesuchend blickte sie zu ihrem Cousin hinüber, aber der hatte den Kopf abgewandt. Sollte sie um Hilfe rufen? Aber wer würde ihr helfen? Vor Angst fing sie an zu zittern. Sie war vor der Gewalttätigkeit ihres Vaters geflohen, aber nun wurde ihr klar, dass ihr Vater nur Teil jener allumfassenden Gewalt war, die sich in all den Jahren angestaut hatte und wie ein Vulkan jederzeit auszubrechen drohte.

Nach zwei Stunden erreichten sie die Gegend um Gjirokastra und hielten an. Inzwischen war es Nacht geworden, und vom Fahrer erfuhren sie, dass sie hier übernachten würden. Die Grenze war kaum zwei Stunden zu Fuß entfernt, aber die beste Zeit, um sie zu überqueren, war im Morgengrauen. »Ihr müsst über die Grenze, genau wenn Wachablösung ist. Dann gibt es keine Wachposten«, sagte der Fahrer. Sie stand von ihrem Platz auf und stieg aus. »Wo willst du hin?« fragte er sie in scharfem Ton. »Mir ein wenig die Beine vertreten«, antwortete sie. Ringsum war es bereits dunkel, doch nach einer Weile gewöhnten sich ihre Augen an die Finsternis, und sie konnte die niedrigen Häuser eines kleinen Dorfes erkennen. Sie waren weit weg. Sie setzte sich in Bewegung und entfernte sich vorsichtig von dem Lastwagen. Sie war schon ziemlich weit weg, als sie sich umschaute, doch niemand folgte ihr. Sie blieb kurz stehen, den Blick auf die niedrigen Häuser geheftet. Zweifellos schliefen alle schon um diese Zeit. Wenn sie nun dorthin laufen und um Hilfe bitten würde? Wie lange würde sie brauchen? Zehn, fünfzehn Minuten? Wenn ein hilfsbedürftiges Mädchen allein vor ihrer Tür stünde, würden sie es sicherlich hereinlassen.

In dem Moment packte sie jemand grob an den Haaren: »Du Nutte, du hattest wohl vor abzuhauen?!« Er warf sie zu Boden und drückte ihr Gesicht in den Schmutz. Sie konnte kaum mehr atmen. »Was glaubst du, wer du bist? Spielst hier die Ehrenhafte. Eine elende Schlampe bist du! Wenn du das nicht wärst, wärst du auch nicht mitgekommen.« Er drehte sie mit Gewalt auf den Rücken und riss ihre Bluse auf. Sie schrie laut um Hilfe und schlug so heftig, wie sie konnte, nach ihm. Aber er war stärker. Mit einer Faust hieb er auf sie ein, mit der anderen Hand hielt er ihr den Mund zu. Mittlerweile bekam sie kaum noch Luft, schlug aber weiterhin ziellos auf ihn ein. Seine Hand klebte wie eine riesige Saugglocke auf ihrem Gesicht, und langsam ging ihr die Luft aus.

Kurz bevor man stirbt, sagt man, läuft das ganze Leben noch einmal vor dem inneren Auge ab. Und genau das widerfuhr ihr in der Situation. Alles, was sie erlebt, alles, was sie hinter sich gelassen hatte, zog wie ein Film noch einmal an ihr vorüber. Das vorzeitig gealterte Gesicht ihrer Mutter. Ihre Augen, die sie nur voller Tränen kannte. Das Gebrüll ihres Vaters. Das Hämmern an der Tür. Die Musik, der Gürtel, die Fausthiebe, das Gebrüll, das Blut, das Gefängnis, die Hölle, und diese Worte, die seine Schläge begleiteten: »Schämst Du Dich nicht? Schauspielerin! Nur über meine Leiche!«

Sie ließ davon ab, ihren Angreifer zu schlagen. Sie spürte seinen stinkenden Atem auf sich und grub ihre Nägel tief in die Erde. Da verließ sie ihren Körper und hinterließ ihm nur eine leere Hülle. Nach einer ganzen Weile – die Zeit war stehengeblieben – raffte sie das, was von ihrer Seele übrig geblieben war, zusammen und kehrte damit wieder in jene leere Hülle ihres Körpers zurück. An ihren Beinen rann Blut hinab. Sie ging ein paar Schritte, ihr wurde schwindelig. Im Dunkeln hörte sie seine höhnische Stimme: »Sie fand es so toll, dass sie jetzt wie besoffen ist!« Die anderen Männer lachten. Sie ging noch ein paar Meter weiter. Da hörte sie ihren Cousin: »Jetzt weißt du, was mit denen geschieht, die Künstlerinnen werden wollen. Magst du das Theater jetzt? Ja, gefällt es dir jetzt?« Mit mechanischen Bewegungen stieg sie auf den Lastwagen, legte sich in eine Ecke, wie ein waidwundes Tier, und schlief den tiefsten Schlaf ihres Lebens.

Im Morgengrauen hörte sie Stimmen. Sie musste aufstehen. Sie brachen zu Fuß in Richtung Grenze auf. Der Weg führte durch dichtes Gebüsch, an dem sie sich die Jacke zerriss, und weiter durch einen Bach, ihre Schuhe wurden nass, also ging sie barfuß. Nach einiger Zeit gelangten sie in die Nähe des albanischen Wachpostens. Er wirkte verlassen, niemand war zu sehen. Da rief einer der Männer, sie sollten laufen, weil albanische Soldaten auf der Lauer lagen. Alle rannten los. Ihre Fußsohlen waren blutig. Sie lief hinterher, so schnell sie konnte. Plötzlich waren drei Schüsse zu hören, und im selben Augenblick spürte sie etwas an sich brennen. Ihre Haare hatten Feuer gefangen. Sie ließ sich zu Boden fallen, wo es ihr gelang, die Flammen mit den Händen zu ersticken. Nur knapp hatten die Kugeln ihren Kopf verfehlt. Sie kam wieder auf die Beine. Ihre Knie bluteten, ihre Hände waren verbrannt und schmerzten, aber sie lief weiter. Nichts konnte sie aufhalten. Sie hatte die Grenze schon überschritten. Dort, in Gjirokastra.

9

Am 15.01.1991 überquerte ich die Grenze zu einem fremden Land, Griechenland. Zum ersten Mal sah ich die Grenze eines anderen Landes und ich sah zum ersten Mal die Grenze meines Vaterlandes: Die äußerste Grenze einer Welt, die uns aus der Zeit, aus der Welt geworfen hatte. Bei meinem Fluchtunternehmen glaubte ich, allein zu sein, doch dann fand ich mich inmitten einer regelrechten Menschenkarawane wieder. Ein Strom von Menschen, die mit einem einzigen Ziel weiterzogen: dieses furchtbare Tabu, genannt Grenze, zu brechen. Flucht als Selbstzweck. Flucht als Krankheit.

Auf einem Lastwagen, versteckt hinter einem Berg von Kisten, war ich die ganze Nacht hindurch unterwegs gewesen. Um ein Uhr mittags kamen wir in Saranda an; von dort brachen wir gegen halb zwei Richtung Grenze auf und erreichten sie gegen drei Uhr. Als der Fahrer und der Beifahrer des Lasters den großen Menschenstrom sahen, der zur Grenze zog, beschlossen sie, den Laster stehen zu lassen und ebenfalls die Grenze zu überqueren. Die letzten Kilometer bis zum Grenzposten legten wir zu Fuß zurück, und unterwegs wurden wir rund sechzig Personen, vorwiegend junge Leute, keiner kannte den anderen. Dort, auf der albanischen Seite, erwarteten uns vier Soldaten mit Kalaschnikow und ein Offizier, der uns mit einer Mischung aus Verachtung und Zorn entgegensah.

Offizier: »Wo wollt ihr hin?«

Eine Stimme: »Weg von hier …«

Offizier: »Wer hat gesprochen?« (Stille)

Offizier: »Habt ihr Reisepässe?«
Eine andere Stimme: »Habt ihr uns Reisepässe gegeben?«
Offizier: »Wer hat gesprochen?« (Stille)
Offizier: »Wisst ihr, dass es euch da drüben noch schlechter ergehen kann?«
Noch eine Stimme: »Lass uns erst mal vorbei und die Grenze überqueren.«
Offizier: »Also gut, in Ordnung, wer will, kann rüber.«
Anfangs rannten wir voller Angst, dass die Soldaten mit ihren Kalaschnikow uns in den Rücken schießen könnten. Wir überwanden einen Stacheldrahtzaun, der noch intakt war, was bedeutete, dass wir die ersten waren, die diesen Grenzposten passierten. Wir tippten zuerst mit einem Stück Holz dagegen, um zu testen, ob Strom darauf war. Dann schlugen wir mit ein paar Stöcken, die die Lastwagenfahrer mitgebracht hatten, ein Loch, und einer nach dem anderen zwängte sich hindurch. In der Hast zerriss der Ärmel meiner Jacke, doch das kümmerte mich in dem Moment wenig. Die Soldaten, den Finger am Abzug, sahen zu, wie wir uns wie verrückt durch das Loch im Zaun mühten, und auf dem Gesicht des Offiziers stand noch immer ein zynisches Lächeln. Hinter dem Stacheldraht floss ein kleiner Wildbach. Wir wateten hindurch, ignorierten das eiskalte Wasser und liefen dann einen kleinen Hügel hinauf. Wir hielten Ausschau nach einem konkreten Anzeichen dafür, dass wir tatsächlich auf der anderen Seite der Grenze waren. Was bedeutete, auf der anderen Seite der Welt.
Auf einmal rief jemand: »Wir haben die Grenze überquert!!!« Ich weiß nicht, woran er das gemerkt hatte. Ich kann mich nur noch an hysterische Freudenschreie erinnern.

Auf der anderen Seite der Grenze gab es weder Soldaten noch Polizisten. Wir waren angekommen in der freien Welt, wir hatten den Westen erreicht. Und da ließ sich ein Mann mittleren Alters zu Boden fallen und schlug mit geballten Fäusten wieder und wieder auf die Erde ein, sprach zu ihr wie zu einem Menschen: »Ich hab dich mit siebzehn Jahren Gefängnis bezahlt. Ich hab dich mit siebzehn Jahren Gefängnis bezahlt. Ich hab dich mit siebzehn Jahren Gefängnis bezahlt, verdammt nochmal!.«
Nach ungefähr einer halben Stunde beruhigte sich die Situation wieder. Dann fragte jemand: »Und wohin jetzt?« Keiner wusste eine Antwort, alle zuckten bloß mit den Schultern. Wir alle wussten zwar, woher wir geflohen waren, aber nicht, wohin wir wollten.
Einige entdeckten einen Feldweg, wir anderen folgten ihnen. Unter uns waren auch ein paar, die griechisch konnten, Albaner mit griechischen Wurzeln, die auf unserer Reise ins Unbekannte sofort die Führung übernahmen. Auf dem Weg stellten wir allerlei Vermutungen an, was uns wohl erwartete. Jemand wollte gehört haben, dass man uns vorerst in mehrstöckigen Häusern unterbringen und dann fragen würde, in welchem westlichen Land wir denn gerne arbeiten wollten. Sofort meldeten sich die beiden Lastwagenfahrer und sagten, sie wollten unbedingt nach Deutschland, dort gäbe es Arbeit, da waren sie sich ganz sicher, und zwar mit astronomisch hohen Löhnen für jene, die bereit waren, auf der Strecke Berlin-Bagdad Treibstoff zu transportieren, besonders jetzt, wo im Irak der Krieg ausbrechen würde. Die beste Nachricht aber hatte ein anderer auf Lager, der sagte, dass dieser Weg ganz sicher zu einem Hafen führte, wo die amerikanische Flotte uns erwartete und geradewegs nach Amerika bringen werde. Beinahe hätte er Streit mit ei-

nem anderen gekriegt, der versicherte, im griechischen Radio gehört zu haben, dass es keine Schiffe der amerikanischen Flotte, sondern solche der UNO waren, und dass die Auffangstation für die albanischen Flüchtlinge Italien sei. Schließlich einigten wir uns, dass auf alle Fälle Schiffe auf uns warteten, aber die Frage nach deren Herkunft und dem Zielland offenblieb. Danach drehte sich die Diskussion wieder um die Grenze. Einige vertraten die These, sie würde in drei Tagen geschlossen werden, andere meinten, in zehn Tagen. Die Minderheit war der Ansicht, dass sie nie mehr dicht gemacht werde.
Mittlerweile begegneten wir den ersten Einwohnern und Häusern auf unserem Weg. Einige Griechen kamen aus dem Haus, und in ihren Blicken lag eine Mischung aus Mitleid und grenzenloser Überraschung. Die Griechischsprachigen unserer Gruppe unterhielten sich eine Weile mit ihnen, erklärten, wer wir waren, woher wir kamen und fragten sie, wohin wir gehen sollten. Manchmal boten alte Frauen uns Wasser an, und so bekam ich die Gelegenheit, die ersten zwei griechischen Worte zu lernen: *efcharistó* und *neró*, danke und Wasser. Das dritte Wort, *douleiá*, Arbeit, würde ich bald schon lernen.
Wir liefen und liefen und gelangten schließlich gegen acht Uhr abends in ein Dorf am Meer. Dort zeigte uns ein Mann die Stelle, wo wir auf den Bus warten sollten, der uns zum Flüchtlingszentrum bringen würde. Wir stellten uns alle dorthin und warteten. Nach einer halben Stunde trat ein Herr auf uns zu, der sich als australischer Journalist vorstellte und nach jemandem suchte, der englisch sprach. Obwohl meine Englischkenntnisse unvollkommen waren, meldete ich mich. Er fragte, wo wir über die Grenze gekommen seien, ob es Soldaten an der Grenze gäbe, wohin wir gehen wollten, aus welchem Teil Alba-

niens wir kämen, wie die Lage jetzt in Albanien wäre und so fort. Nachdem er einige Antworten erhalten hatte, erklärte er mir, dass gleich ein Bus käme, der uns in ein Flüchtlingszentrum bringen würde, wo wir Essen, neue Kleidung, ein Zimmer für zwei Personen, Griechischunterricht und nach ein paar Tagen auch einen Arbeitsplatz bekämen. Ich übersetzte der Versammlung die Worte, mit denen der australische Journalist unsere Zukunft skizziert hatte, und alle brachen in Jubel aus. »So ist der Westen!«, rief einer der Fahrer, der mich gleichzeitig drängte, den gesprächigen Herrn doch zu fragen, ob man uns in Ländern unserer Wahl arbeiten lassen würde. Ich kam aber nicht dazu, ihn das zu fragen, und auch nicht nach den Schiffen, die uns in jenem unbekannten Hafen erwarteten und nach Amerika, Italien oder an einen anderen Ort unserer Sehnsucht bringen würden. Mein Gesprächspartner entfernte sich nämlich, und wir blieben allein mit unseren Phantasiebildern zurück.
Einige begannen schon die Zimmer zu verteilen, in denen sie zu zweit wohnen würden. Die beiden Fahrer beschlossen im Handumdrehen, dass sie zusammenwohnen wollten. Andere hatten Schwierigkeiten, einen Mitbewohner zu finden. Da schlugen die beiden Fahrer, die diese Sorge nicht hatten, vor, einen Plan zu machen, um etwas Ordnung in die Sache zu bringen. Zunächst einmal wurden die Paare unter uns gezählt. Es waren vier. Hier gab es aber ein kleines Problem, da keines von ihnen ein Ehepaar war, und wir nicht wussten, ob unverheiratete Paare zusammenwohnen dürften. Außerdem wussten wir nicht, ob Männer und Frauen, ob verheiratet oder nicht, überhaupt zusammenwohnen dürften oder ob man uns getrennt voneinander unterbringen würde.
Wir fanden also eine vorläufige Lösung und, während

wir auf den Bus warten, der uns ins sogenannte Flüchtlingszentrum bringen sollte, gingen einige von uns, fast alle noch junge Männer, zu einem Café in der Nähe und drückten ihre Nasen an der Scheibe platt. Mit grenzenlosem Staunen starrten sie auf den Farbfernseher und verfolgten die vorbeiflirrenden Bilder. Die Cafébesucher ihrerseits schauten mit grenzenlosem Staunen auf die Albaner, die auf den Farbfernseher starrten. Irgendwann stand einer von den Gästen auf und kam an die Tür. Er hatte eine Packung Kekse in der Hand und fing an, davon welche in die Menge zu werfen, so wie man Tauben Körner oder Hühnern oder Enten Mais hinwirft. Einige aus der Gruppe versuchten, die Kekse zu erhaschen. In dem Moment erinnerte ich mich daran, dass ich ja auch einen Magen hatte, und bekam Hunger.

Einige unserer Jungs klebten noch immer an der Schaufensterscheibe und starrten auf den Farbfernseher. Einer von ihnen, er war so um die zwanzig, mit einem Gesicht, das von der Sonne und vor Erschöpfung sehr mitgenommen war, drehte sich plötzlich um und flüsterte ganz erstaunt und unschuldig: »Es gibt ja gar keinen Sex!« Vielleicht hatte er sich vorgestellt, so wie es auch mein Freund aus der Oberstufe formuliert hatte, dass hier in der Welt-jenseits-der-Grenze der Sex auf der Lauer lag und nach Einbruch der Dunkelheit die ganze Nacht lang Sexorgien liefen. Auch das war eines der Phantasiebilder, die wir mit uns herumtrugen.

RUHIGE TAGE IM AUGUST

August. Die Stadt wie leergefegt. In den Abendnachrichten verliest der Sprecher eine Kurzmeldung: »Vor der Küste von Mytilini haben fünf illegale Einwanderer ihr Leben gelassen, als im Morgengrauen ihr Boot kenterte. Unter den Toten sind auch drei kleine Kinder.« Es war die letzte Nachricht vor der Sportreportage, denn es handelte sich um einen alltäglichen Unglücksfall; die Überlebenden werden unter unzureichenden Bedingungen in einem Auffanglager untergebracht, und darauf folgt die übliche Prozedur: Haft, Feststellung der Identität, Abschiebung.
Höchstwahrscheinlich werden die meisten versuchen, die gleiche Reise noch einmal anzutreten. Erneut werden sie eine hohe Summe zahlen und ihr Leben aufs Spiel setzen. Handelt es sich um Wahnsinn? Ja genau, das ist das Thema: Diese wahnsinnige Entschlossenheit der Herumirrenden, das »Reich des Konsums« zu betreten, gegebenenfalls dafür sogar mit dem Leben zu bezahlen und weder Polizei noch Demütigungen noch den Tod zu fürchten. In Marokko werden die Illegalen harragas *genannt, vom arabischen Verb »haraqa«, das »verbrennen« bedeutet: Damit sie nicht abgeschoben werden, verbrennen die illegalen Einwanderer aus Afrika ihre Papiere, so dass die Feststellung ihrer Identität unmöglich wird. Sie haben keine Identität mehr, sie haben ihr Land von der Landkarte gelöscht. Ihr Land ist die Fremde, die Einwanderung, legal oder nicht legal. Nichts macht ihnen noch Angst, weder die Wüste noch das wilde Meer, weder die herzzerreißenden Bilder von ertrunkenen Kindern, noch die Drohungen der Grenzposten, nicht einmal der Tod.*

10

Schließlich holten sie uns ab und brachten uns in ein sogenanntes Flüchtlingszentrum, wo noch andere albanische Flüchtlinge versammelt waren, die vor uns angekommen waren. Nur, dass es kein Bus war, der uns abholte, sondern ein verdreckter Laster. Wir kletterten hinauf. Es war bereits dunkel, und ich erinnere mich nicht genau, wie lange der Lastwagen brauchte, bis er im Flüchtlingszentrum ankam. Ich erinnere mich nur, dass wir eng zusammengepfercht dasaßen und wenig sprachen. Mit einem Mal war uns die Begeisterung abhandengekommen, und erst in dem Moment, nach so vielen Stunden packte uns die Angst vor dem Unbekannten.

Der Lastwagen hielt an, und wir begriffen, dass wir aussteigen sollten. Wir kletterten vom Wagen herunter und standen, von einem riesigen Scheinwerfer angestrahlt, mitten in einer gewaltigen Menge albanischer Flüchtlinge. Wir sahen griechische Polizisten, die herumschrien und ihre Gummiknüppel schwangen, um Ordnung zu schaffen. Sie wiesen uns an, uns in einer Reihe aufzustellen, und so bildeten wir eine riesige Schlange von Neuankömmlingen, die registriert werden mussten: Vorname, Nachname, Name des Vaters. Ich sah die beiden Fahrer, die ängstlich auf die Polizisten schauten, als fragten sie sich: »Warum schwingen die Polizisten auch hier im Westen ihre Gummiknüppel, wenn sie wütend sind?«

Nach ungefähr einer Stunde waren wir endlich an der Reihe. Ein Polizist saß hinter einem Tisch und fragte jeden einzelnen in gebrochenem Albanisch: *emri, biemri,*

emri babái (Vorname, Nachname, Name des Vaters)? Ich lächelte ihn wegen seines gebrochenen Albanisch an. Er antwortete mir mit einem Gesichtsausdruck, der besagte: »Dein Lächeln hat mir gerade noch gefehlt, mein Freundchen.« Ich gab meine Daten an, legte meinen albanischen Personalausweis vor und ging ein wenig zur Seite, um auf Dschamal zu warten, einen Jungen, den ich auf der Flucht kennengelernt hatte. Dem Polizisten, der ihn aufforderte, seinen Ausweis vorzuzeigen, antwortete Dschamal mit einem Satz, den es in keiner Sprache der Welt gibt: »Pashaport caput«, den er obendrein mit einer Geste begleitete, die einen Schnitt durch die Gurgel darstellte, als ob er sagen wollte: »Mein Ausweis ist draufgegangen.« Der Polizist war ein paar Sekunden lang sprachlos und glotzte, als wäre ihm ein UFO begegnet, bis er verstand, was Dschamal sagen wollte. Nachdem er es verstanden hatte – so schien es mir wenigstens – fragte er nach seinen Daten: *»Emri, biemri, emri babái?«* Auch jetzt zeigte sich Dschamal wieder einfallsreich. Er gab an, dass er Dimitris heiße, mit Nachnamen Dima und sein Vater Vassilis.

Als er fertig war und zu mir kam, fragte ich ihn, warum er das gemacht hätte. »Weil man hier die christlichen Namen mit Wohlwollen höre und vor den muslimischen Angst hat«, antwortete er. Einer der Fahrer mischte sich in unsere Unterhaltung ein und tadelte Dschamal für seine Lüge.»Hier im Westen herrscht Demokratie und alle sind gleich. Ganz abgesehen davon sind wir Albaner jetzt alle Atheisten«, sagte er in belehrendem Ton. Unter dem Strich war auch tatsächlich nicht zu erkennen, dass Dschamal irgendetwas mit seiner Lüge gewonnen hatte: Wir waren alle zusammen in der gleichen lagerähnlichen Halle untergebracht. Davor befand sich der Fußballplatz des Dorfes. Bei der Registrierung unserer Namen hatten wir auch den Namen des Dorfes erfahren: Filiates.

DU KAMST UNGEBETEN

Illegaler Einwanderer. Das ist dein Beiname. Das ist dein Name. Das ist dein Etikett. Weil du ungebeten kamst. Auch vor dem Ersten Weltkrieg sind Menschen aus Europa nach Amerika ausgewandert, illegal, ohne Visum. Aber das liegt schon sehr lange zurück, und fast alle haben es vergessen. Und wenn du glaubst, dass du die Einheimischen, wenn du sie daran erinnerst, dazu bringen kannst, Mitgefühl zu haben oder dich zu akzeptieren, dann bist du auf dem Holzweg: Denn dann bist du nicht nur ein illegaler Einwanderer, sondern obendrein ein unverschämter *illegaler Einwanderer.*

Du bist unsicher und fühlst dich schuldig, weil du ungebeten kamst. Vielleicht kannst du dich von dieser Schuld nie wieder befreien. Ständig wirst du an deine Schuld erinnert. Das ist deine persönliche Erbsünde. Jedes Mal, wenn du etwas in Anspruch nimmst, wirst du daran erinnert: »Du kamst ungebeten.« Jedes Mal, wenn du aus der Unsichtbarkeit heraustreten möchtest, wirst du daran erinnert: »Du kamst ungebeten.« Jedes Mal, wenn du dich über etwas beschwerst, wirst du daran erinnert: »Du kamst ungebeten.«

Du wirst sagen: »Ich möchte legal werden! Es ist mir unerträglich, dass ich zu zittern anfange, jedes Mal, wenn ich einen Streifenwagen sehe. Wer möchte sich schon wie eine verängstigte Maus fühlen einzig und allein, weil er ein bestimmtes Papier nicht in der Tasche hat? Ich kam ungebeten, aber ich zahle, wie alle zahlen, ich arbeite, wie alle arbeiten, und vor allem werde ich von meinem Chef, genauer gesagt, meinen Chefs gebraucht. Ja, ich weiß, ich verdiene mein täglich Brot bei euch. Aber lasst euch gesagt sein, ihr kriegt dafür euren täglichen Kuchen zurück. Ich mache mein Überleben von euch abhängig, ihr macht euren Wohlstand von mir abhängig. So ist das Leben. Geben und Nehmen. Ich habe angefangen, mir hier ein Leben aufzubauen, ich habe angefangen, mich an diese Stadt zu gewöhnen, und am Ende gewöhnt sich die Stadt vielleicht auch an mich. Warum also soll ich illegal sein, weniger wert sein als ein herrenloser Hund?« Aber die Stadt hat keine Ohren für deine Verteidigungsrede. Sie ist taub. Auch der Journalist in den Nachrichten, der den Leuten wohl aus der Seele spricht, möchte auf keinen Fall, dass du von deinem Beinamen befreit wirst, von deinem Namen, von deinem Etikett: Illegaler Einwanderer, illegal Lebender, Illegaler …

11

Nach unserer Registrierung, schickten sie uns in den Hof vor der Kirche, wo das Essen verteilt wurde. Wir aßen, wie alle Hungrigen dieser Welt essen. In der Zwischenzeit nahm es kein Ende mit den albanischen Flüchtlingen, die im sogenannten Flüchtlingszentrum ankamen. Anscheinend hatte ganz Albanien beschlossen, die Öffnung der Grenzen zu nutzen, um so schnell wie möglich wegzugehen. Polizisten und Soldaten sahen verwundert auf den endlosen Menschenstrom und hatten Schwierigkeiten zu begreifen.
»Wenn das so weitergeht, dann bleiben nur noch Bäume in Albanien«, sagte Dschamal.
Nachdem wir unseren Hunger mit einem Teller Nudeln ein wenig besänftigt hatten, kam eine Diskussion auf, wie lange Albanien denn brauchen werde, um wie Griechenland zu werden. Einer der beiden Fahrer sah fünf Jahre voraus. Der andere meinte, eher fünfzehn Jahre, während Dschamal, der in diesem Augenblick von so etwas wie Melancholie erfasst worden war, das letzte Wort hatte: »Niemals! Weil man Albanien nicht mit Albanern aufbauen kann.« Jetzt war die Kälte deutlich spürbar. Es war wirklich eiskalt, und auf einmal wurde uns bewusst, dass wir zuerst die Frage, wie es mit uns an diesem Abend weiterginge, hätten klären müssen, bevor wir uns der Frage widmeten, in wieviel Jahren Albanien wie Griechenland sein würde.
Die große Lagerhalle, in der man uns untergebracht hatte, war voller Menschen. Einige Schaumstoffmatratzen,

die als Betten dienten, waren schon von Menschen belegt, die stundenlang oder vermutlich tagelang gelaufen waren. Wer eine Ecke freien Schaumstoffs ergattern konnte, um sein müdes Haupt darauf zu betten, hatte großes Glück. Langsam kapierten wir, dass das mehrstöckige Haus mit den Zweibettzimmern, der heißen Dusche und der neuen Kleidung, wie es uns dieser australische Journalist in Aussicht gestellt hatte, vermutlich erst mit einiger Verspätung kommen würde.

DIE MERKWÜRDIGEN ANGEWOHNHEITEN DER ILLEGALEN

Menschen, die Grenzen illegal überqueren, haben merkwürdige Angewohnheiten. Sie lachen zum Beispiel sehr viel. Sie sind in einer Stimmung, als säßen sie im Kabarett, obwohl sie von Gefahr und Tod umgeben sind. Vermutlich ist es gerade die Gegenwart des Todes und die damit verbundene Angst, die das Lachen besonders anstachelt. Als würde man dem Tod schmeicheln, ihn verführen, ihn überlisten wollen. Es handelt sich um eine hervorragende Verkleidung. Indem man lacht, sagt man dem Tod eigentlich: »Wir gehören auf gar keinen Fall zu deinen Kunden. Du siehst ja selbst – wir lachen. Wir denken überhaupt nicht an dich. Wir lieben das Leben, wir wollen leben, wir wollen überleben. Geh woanders hin, um nach Kundschaft zu suchen! Bei uns wirst du kein Glück haben.«

12

In dieser Nacht schlief ich auf den Beinen eines Landsmannes, und am Morgen, als ich erwachte, fand ich auf meinen Beinen einen anderen Landsmann, den ich wecken musste, um aufstehen zu können. Dschamal war schon wach. Die beiden Fahrer ebenfalls. Sie machten mir ein Zeichen, doch zu ihnen zu kommen. Wir waren bereits eine feste Gruppe, obwohl wir uns bis gestern noch völlig fremd waren: Die Fahrer aus Tirana, Dschemal aus Elbasan und ich aus Lushnja. So finden Menschen in der Fremde und im gemeinsamen Unglück zueinander: unvorhersehbar und spontan – wie seinerzeit die Jugendbanden in der Pubertät. Die Polizisten ließen uns relativ viel Freiheit. Wir konnten gehen, wohin wir wollten. Der Junge, der sich am Abend zuvor gewundert hatte, dass es im Fernsehen keinen Sex gab, war auch einer von uns. Meistens schwieg er und blickte drein, als suchte er etwas, von dem er sicher war, dass es das irgendwo gab: Nur seltsamerweise konnte er das Gesuchte hier nirgendwo finden. Nach der Geschichte in dem Café hatten wir ihn den *Sexjungen* getauft.

Nachdem wir die Lagerhalle verlassen hatten, machten wir einen kleinen Spaziergang durchs Dorf und landeten schließlich in einem Café. Die Fahrer hatten zehn in Ein-Dollarscheine bei sich, die uns wie ein Vermögen vorkamen und wollten eine Runde Kaffee oder Tee spendieren. Zu meinem Glück sprach der Besitzer Italienisch, und so half ich den Fahrern einige Dollar in Drachmen umzutauschen. Der Besitzer nahm die Dollarscheine und in-

spizierte sie gründlich bei Tageslicht, aber auch bei künstlichem Licht. Nachdem er sich vergewissert hatte, dass es nichts zu beanstanden gab, ging er zum Wechseln über, was wir mit fast stiller Andacht verfolgten. Die Fahrer nahmen die Drachmen, den größeren Teil in Scheinen, und danach erlaubten sie uns, sie zu inspizieren. Dschamal bemerkte als erster: »Bitte sehr, hier sehen die Scheine ganz normal aus, nicht wie unsere, auf denen es vor Soldaten und Hammer und Sichel nur so wimmelt.«
Da mischte sich der Kaffeehausbesitzer wieder ein, um mir zu erklären, dass er einst nach Italien und Deutschland ausgewandert war, aber vor einigen Jahren zurückgekehrt war und dieses Lokal eröffnet hatte. »Warum seid ihr hergekommen?« fragte er mich. Ich war verlegen. Was sollte ich antworten? Dass wir die Grenze hatten überqueren wollen, um nicht ein Leben lang im Gefängnis des Wahnsinns sterben zu müssen? Ich sagte, dass wir gekommen waren, um ein besseres Leben zu führen, um zu leben, wie alle anderen Menschen auch. Er hörte zu und rieb dabei ein Glas trocken. Schließlich breitete sich ein zynisches Lächeln auf seinem Gesicht aus: »Ihr Ärmsten, ihr wisst nicht, was euch erwartet«, sagte er und sein zynisches Lächeln wich jetzt einer geheimnisvollen Miene, als ob er gerade die größte Prophezeiung der Welt verkündet hätte. »Das heißt?«, fragte ich ihn in dem Versuch, die ersten Nachrichten des neuen Planeten zu empfangen, auf dem wir gelandet waren. Die beiden Fahrer, Dschamal und der Sexjunge verfolgten gespannt unsere Unterhaltung und versuchten, etwas von dem zu verstehen, was wir sagten. Der Besitzer setzte schließlich wieder sein Alltagsgesicht auf und erklärte, dass das Schicksal eines Migranten grundsätzlich der Verdammung anheimgegeben sei und das Schicksal des nicht

eingeladenen Migranten noch tausendmal mehr. »Selbst die schlechteste Heimat ist besser als die Fremde«, schlussfolgerte er und zündete sich eine Zigarette an, inhalierte tief, als ob er etwas in seinem Hals Feststeckendes hinunterschlucken wollte.

Schließlich musste ich den drängenden Bitten der Umstehenden nachgeben und übersetzte für sie das, was ich meinte verstanden zu haben. Anfangs schwiegen sie und versuchten, den Sinn der Unterhaltung zu entschlüsseln. Bis einer der Fahrer den Worten eine logisch zwingende Deutung geben wollte: »Er versucht uns irgendeinen Coup zu verkaufen. Ich kenn' die Griechen! Die haben das Trojanische Pferd gebaut.« Wir schwiegen, weil wir nicht imstande waren, einen ehemals griechischen Auswanderer und jetzigen Cafébesitzer mit dem verdammten Schicksal des Einwanderers und dem Trojanischen Pferd zusammenzubringen.

DIE TÜR IM SUPERMARKT

Jedes Mal, wenn die Illegalen die Strecke Korça – Kalampaka zurücklegen, acht Tage Fußmarsch, erzählen sie viele Geschichten. Er erzählt regelmäßig die Geschichte vom Supermarkt, die immer gut ankommt und auch den größten Griesgram zum Lachen bringt.

Es war das erste Mal, dass er in einen Supermarkt gehen wollte. In seinem Land gab es so etwas nicht. Bis dahin hatte er nur Souvlaki gegessen, zwei Monate Souvlaki, bis es ihm zum Hals heraushing. Es war Nachmittag, er hatte Feierabend und gerade seinen ersten Lohn erhalten. Als er vor dem Eingang des Supermarktes angekommen war, hatte er die Tür auf- und zugehen sehen, aber als er den Versuch machte, selber hineinzugehen, öffnete sich die Tür nicht. Er probierte es noch einmal und noch einmal. Nichts geschah. Dann entfernte er sich zehn Schritte und schaute zu, wie die anderen hineingingen. Für sie öffnete sich die Tür ohne Probleme, für ihn nicht. Nun versuchte er es erneut, indem er besonders schnell auf die Tür zuging. Nichts. Dann probierte er es mit ganz langsamen Schritten. Wieder nichts. Inzwischen war er rot vor Scham und Wut. Da sah er einen Herrn, der der Tür den Rücken zuwandte und so hindurchging. Das versuchte er nun auch, er ging mit der Tür zugewandtem Rücken auf sie zu. Nichts geschah. Wie konnten die anderen Leute völlig problemlos hinein- und hinausgehen, während er … Vielleicht öffnet sie sich nur für Albaner nicht?, dachte er und beschloss, etwas sehr Naheliegendes zu tun: Nämlich jemandem beim Hineingehen ganz dicht zu folgen. Wieso hatte er, Dummkopf, nicht eher daran gedacht? Jetzt kamen aber nur Kunden heraus und keiner ging hinein. »Scheiße, kein Glück, Scheiße«, flüsterte er. Da erblickte er seinen Retter, genauer gesagt, seine Ret-

terin. Eine dicke Dame, eine sehr dicke Dame, die wie eine lahme Ente watschelte und vor allem erst dann hineingelangen konnte, wenn sich die Supermarkttüren sperrangelweit öffneten. Er folgte ihr, näherte sich ihr wie zufällig von hinten. Vor lauter Angst, die Gelegenheit zu verpassen – vermutlich seine letzte Chance, in den Supermarkt zu gelangen! – kam er der Dame zu nahe, und in seiner Aufregung hätte er sie beinahe geschubst, als die Tür aufging. Da wurde ihm klar: Endlich hatte er die Schwelle des Supermarktes überschritten! Er entschuldigte sich bei der Dame, heftig schwitzend, als hätte er einen zweihundert Meter Hürdenlauf hinter sich. Die dicke Dame warf ihm einen scharfen, beinahe mörderischen Blick zu, und verlegen machte er sich aus dem Staub, hörte nur noch ihr Gebrurmmel und meinte, das Wort »Albaner« gehört zu haben, war sich aber nicht sicher.

Die anderen hören ihm zu und lachen mehrmals herzlich über diese Geschichte. Manche lachen mehr als andere. Vermutlich haben sie die Strecke Korça – Kalampaka, acht Tage Fußmarsch, zum ersten Mal hinter sich. Da ertönt mit einem Mal eine Stimme, angespannt wie die eines Jägers, der endlich das Wild lokalisiert hat, das er seit Tagen jagt: »Seid still, runter mit euch, die Grenzsoldaten!« Da verstummen alle und lassen sich fallen, ganz tief, bis auf die Erde. Sie werden eins mit der Erde.

13

Nach ein paar Minuten Schweigen fasste ich mir ein Herz und fragte den Cafébesitzer, ob er mir ein Buch besorgen würde, mit dem ich Griechisch lernen könnte. Er deutete nach draußen in eine bestimmte Richtung und sagte, dass es solche Bücher dort in der Buchhandlung zu kaufen gäbe. Sie seien sehr preiswert. Ich setzte die Unterhaltung nicht fort, da ich noch nicht einmal einen Stein von der Straße hätte kaufen können, geschweige denn ein ganzes Buch. Ich fragte ihn, ob er mich denn bei sich arbeiten ließe, damit ich etwas Geld verdienen und diese Bücher kaufen könnte, um Griechisch zu lernen. Er antwortete, sollte er mich im Café brauchen, würde er mir Bescheid geben. Währenddessen tranken wir unseren Kaffee und sahen die Bilder vom Irakkrieg im Fernsehen. Sie machten auf uns keinen besonderen Eindruck, wir hatten unseren eigenen Krieg auszufechten.

Gerade, als wir gehen wollten, ertönte ein Schrei, der mir das Blut in den Adern gefrieren ließ: Er kam aus dem Mund des Cafébesitzers. Sein Gesichtsausdruck besagte, dass er jeden Augenblick einen Menschen umbringen könnte. Ich hatte schreckliche Angst vor der Verwandlung des Besitzers, und das einzige, woran ich unmittelbar dachte, war: Er könnte eventuell festgestellt haben, dass die Dollars der Fahrer gefälscht waren.

Er näherte sich raschen Schrittes, fasste den Sexjungen am Arm und zog ihn in Richtung Toilette. Der Sexjunge versuchte gar nicht erst, Widerstand zu leisten. Ich stand mit offenem Mund da. Die anderen ebenfalls. Der

Besitzer und der Sexjunge verschwanden hinter der weißen Tür mit der Aufschrift »Toilette« stand, während wir uns ansahen, ohne ein Wort hervorzubringen. Nach ungefähr einer Minute ging die weiße Tür wieder auf, und zum Vorschein kamen der Sexjunge und der Cafébesitzer, der sich offensichtlich beruhigt hatte. Er machte uns das bekannte Zeichen, das bedeutete: »Jetzt geht wieder dorthin zurück, wo ihr hergekommen seid.«
Wir gingen hinaus und fragten den Sexjungen, was zum Teufel er denn getan hatte. »Ich habe nicht gut gepinkelt«, antwortete er mit der Selbstverständlichkeit eines Menschen, der seinen Namen nennt, wenn er danach gefragt wird. Kurz gesagt, etwas Urin war wohl auf die Toilettenbrille gespritzt. »Und was ist passiert?«, fragten wir weiter. »Nichts. Er sagte, ich solle es wegwischen. So habe ich es weggewischt«, antwortete er, immer noch mit demselben stoischen Gesichtsausdruck. »Und aus dem Grund hat er so getan, als hätten wir seine Mutter umgebracht?« fragte einer der Fahrer. »Dieses griechische Arschloch!«, setzte der andere Fahrer hinzu, der vorher die geheimnisvolle Theorie vom Trojanischen Pferd aufgestellt hatte. Wir beschlossen, ein Handelsembargo über den Cafébesitzer zu verhängen. Nie mehr würden wir unseren Kaffee bei ihm trinken. Da ließ Dschamal verlauten: »Noch nicht einmal pinkeln können wir richtig, wir Albaner. Scheiß Kommunismus, so eine Scheiße!« Damit war die Diskussion beendet.

ARBEIT, ARBEIT, ARBEIT

Migrant zu sein bedeutet vieles, aber vor allem eines: Arbeit. In die Fremde gehst du nicht, um den starken Mann zu markieren, sondern um Kohle zu machen. Du tust alles dafür, damit dir das gelingt. Du machst zwei, drei Jobs am Tag, bist nicht versichert, drückst den Lohn der Einheimischen, wirst Streikbrecher, drückst – wo nötig – auch auf die Tränendrüse, um das Herz der Arbeitgeber zu rühren, bis du kapierst, dass nur sehr wenige ein solches besitzen. Du stehst schon im Morgengrauen auf dem Omonia-Platz, wie eine schmutzige Statue, die von der Stadtreinigung vergessen wurde. Du wohnst zusammen mit zehn, fünfzehn, zwanzig Personen in regelrechten Löchern, und die Unterscheidung zwischen menschlicher Behausung und Schweinestall ist dir nicht mehr möglich. Du isst Brot mit Salz, du isst das Brot auch trocken. Du schläfst regelmäßig vor Erschöpfung und Schlafmangel im Bus ein. Du riechst im Umkreis von einem Kilometer nach Schweiß, weil du keine Zeit hast dich zu waschen, aber auch, weil du den Heißwasserboiler nicht anschalten willst, um Strom zu sparen. Der berühmteste Geizhals wäre im Vergleich zu dir ein Verschwender. Du zählst dein Geld, wie ein Anämiker seine Blutstropfen zählt. Du gibst nichts aus, du kaufst nichts, du lebst vom Minimum des Minimums. Du wirst allein vom Zählen des Geldes satt und wenn dir zu Ohren kommt, dass es noch eine weitere Arbeit für dich gibt, und noch eine und noch eine.

Und plötzlich, ohne dass du dich versiehst, spürst du, dass deine Kräfte weniger werden, du fühlst dich, als hätte die Arthritis dich heimgesucht. Du hast verdächtige Schmerzen in den Nieren, im Rücken, im Herz. Du hast Glück, wenn du es bis zur Operation schaffst. Viele andere haben es nicht geschafft. Sie sind auf der Ar-

beit gestorben, eine Mauer hat sie erschlagen, weil die Arbeitgeber kein Geld für Sicherheitsmaßnahmen ausgeben. Weil der Migrant bekanntermaßen geräuschlos stirbt, wie eine Fliege.

14

Wir wollten Arbeit finden und machten uns auf den Weg, um den Bus nach Igoumenitsa zu nehmen. Man hatte uns gesagt, das sei die nächste größere Stadt.
Als wir an der Haltestelle warteten, die einige Passanten uns gezeigt hatten, entwickelte sich ein Gespräch über Autos. Dschamal war der Meinung, dass der Preis für ein Auto zehn Tagen Arbeit entspräche. Die Fahrer tippten auf einen Monat. Der Sexjunge und ich äußerten uns nicht. Dschamal und die Fahrer diskutierten unerschrocken weiter, und kurz darauf gingen sie zu den Automarken über, die sie fahren würden. Dschamal hatte eine Vorliebe für französische Autos, die beiden Fahrer hielten den deutschen die Treue. Spätestens an dem Punkt wurde uns klar, dass Autos Dschamals große Leidenschaft waren.
Früher war er Fahrer gewesen und kannte sich mit Autos sehr gut aus, besser noch aus als in seiner Westentasche, wie er sich ausdrückte. »Aber ich habe nur ein Jahr lang als Fahrer gearbeitet. Sie ließen mich den Scheißewagen fahren, und den haben sie mir am Ende auch noch abgenommen«, sagte er. Und so gab Dschamal, als wir dort in der Kälte auf den Bus warteten, seine Geschichte mit dem Scheißewagen – auch das »gelbe Auto« genannt – zum Besten: Es handelte sich um ein städtisches Fahrzeug für den Kanalisationsaushub. Nach seinem Militärdienst hatte Dschamal in Ermangelung einer besseren Arbeit diesen Job mit der Scheiße übernommen. Er schämte sich damals sehr, weil er sich für andere Dinge geschaf-

fen fühlte. Aber in der Not frisst der Teufel bekanntlich Fliegen.

Paradoxerweise jedoch erlebte er dank des Scheißewagen-Jobs die süßesten und zugleich bittersten Tage seines Lebens. Dschamal hob dort an der Haltestelle des Busses nach Igoumenitsa an zu erzählen, so leidenschaftlich und dramatisch, als hätte er viele Jahre genau auf diesen Augenblick gewartet, um sein Innerstes nach außen zu kehren. Die ganze Geschichte drehte sich um ein Mädchen, eines der schönsten der ganzen Stadt.

DIE GENERATION DER TELLERWÄSCHER

Die erste Generation der Einwanderer ist die Generation der Tellerwäscher. Sie bekommt den ganzen Ballast der Fremde, die ganze Ablehnung, die ganze Verachtung, die ganze Angst ab. Sie heißt Generation der Tellerwäscher, denn sie nimmt jede Arbeit an – Hauptsache, sie kann sich den Magen füllen und etwas Geld beiseitelegen. Dieses Geld, das auf die Seite gelegt wird, ist ihre Belohnung, ihre Therapie, ihr »Gelobtes Land«, die große Lüge, das Versprechen, in die Heimat zurückzukehren. Sie ist die Generation, die gebrochen die neue Sprache spricht, die sie gar nicht spricht, die vor der Polizei zittert, die vor dem Blick des Arbeitgebers zittert, die die Einsamkeit schweigend hinnimmt, die sich tief bückt und die zusammen mit dem ersparten Geld auch reichlich Groll anhäuft. Der Groll ist ihre Festung, in der sie ihre Angst speichert, die Ablehnung der Einheimischen, die Verachtung, die Unterdrückung und den Spott des Arbeitgebers. Sie ist die Generation der Tellerwäscher. Für sie gibt es keine Möbel in der Wohnung, es sei denn solche vom Sperrmüll. Für sie gibt es keinen Urlaub, ja, noch nicht einmal Feiertage. Nur eines gibt es: Arbeit. Und den Traum von der Rückkehr in die Heimat in trauter Zweisamkeit mit dem Traum vom Verbleiben in der Fremde. Denn die Generation der Tellerwäscher ist vor allem eins: Sie ist schizophren.

15

Dschamal hatte noch nicht einmal zwei Wochen das Steuer des Scheißewagens in der Hand, als er im Haus einer seiner Cousinen Alba kennenlernte. Er verliebte sich wie wahnsinnig in sie. Und sie verliebte sich anscheinend wie wahnsinnig in ihn. Es handelte sich um eine dieser Geschichten wie aus den Romanen »Liebe auf den ersten Blick«.

Alba war im letzten Jahr der Oberstufe. Als Tochter eines hohen Offiziers konnte sie problemlos die Schule schwänzen. Sie nahm sich oft frei mit allerlei Entschuldigungen, die ihr die Lehrer immer durchgehen ließen. Dschamal machte seinerseits auch oft blau, gewöhnlich ohne Entschuldigungen. Die beiden trafen sich am Stadtrand und fuhren in dem Scheißewagen auf die Felder außerhalb der Stadt. Oft machten sie auch Liebe auf dem Fahrersitz des Wagens.

Einmal war das Gebäude der Parteizentrale mit Scheiße überschwemmt, weil das Abflussnetz verstopft war, und zu Dschamals Pech wurde an eben diesem Tag auch ein sehr hoher Besucher aus Tirana erwartet. So kam es, dass Dschamal und sein Fahrzeug dringend gesucht wurden. Er war jedoch wie vom Erdboden verschluckt. Als Dschamal nach einiger Zeit endlich zur Arbeit zurückkehrte, fand er eine kriegsähnliche Situation vor, und es war ein Wunder, dass man ihm nicht sofort das Fahrzeug abnahm. Er hatte Glück und kam mit einer schweren Abmahnung davon.

Noch nicht einmal eine Woche nach diesem Vorfall wurde

sein Liebesglück mit Alba von einem schweren Schicksalsschlag getroffen. Albas Vater beging Selbstmord. Ganz plötzlich, an einem ganz gewöhnlichen Morgen trat er auf den Balkon, setzte sich die Pistole an die Schläfe und schrie: »Ich bin kein Verräter, es lebe die Partei, es lebe unsere ruhmreiche Armee!« und drückte ab. Es war ein furchtbarer Anblick. Das Haus von Albas Familie lag im Zentrum der Stadt, und zu dieser morgendlichen Stunde waren alle zu Fuß zur Arbeit unterwegs. Manche sagten, dass das Gehirn von Albas Vater noch im Umkreis von einem Kilometer zu finden war, vermutlich waren das die üblichen Übertreibungen der Stadtbewohner.

Anfangs erzählte man sich, dass Albas Vater verrückt geworden war. Danach machte die Runde, er sei ein Verräter. Niemand wusste, wen oder was er verraten haben sollte. Doch so lautete jedenfalls die unanfechtbare Direktive der Parteizentrale. Angeblich war er Mitglied einer Verschwörergruppe im Innern der Armee gewesen, die den Einmarsch fremder Truppen in Albanien vorbereitete. Die Meinungen über diese Gruppe waren geteilt. Einige sagten, sie seien Agenten der Russen, andere wiederum behaupteten, sie seien Agenten der Amerikaner gewesen.

Es gab auch eine dritte Version, nach der sie Agenten sowohl der Russen als auch der Amerikaner gewesen waren. Die vierte Version versetzte die ganze Stadt in Angst und Schrecken. Es war bekannt, dass in regelmäßigen Abständen eine Gruppe von Verschwörern aufgedeckt wurde, mal in der Armee, mal im Bildungswesen, mal in den Landwirtschaftsgenossenschaften, mal in den Parteizentralorganen, mal unter Menschen, die man sich völlig wahllos herauspickt. Und auf solche Entdeckungen folgten Verfolgungen, Inhaftierungen und Säuberungen. Die Menschen zitterten zu jener Zeit sogar vor ihrem eigenen Schatten. Jeder aus deinem Umfeld konnte ein Verräter sein.

DIE EINSAMKEIT IN EINEM SEXKINO BETÄUBEN

Er hatte sich vorgestellt, dass die Stadt wie ein wunderbarer Supermarkt ist, in dem es alles zu kaufen gab, wonach das Herz begehrte: Träume, Glück, Wohlergehen, ja sogar Liebe. So schien es aus der Ferne.
Nun aber, da er sich mitten in der Stadt befand, war ihm schwindelig, und er hatte Angst. Alles schien ihm so kühl, so hoch, so schnell, so seelenlos, so gleichgültig zu sein.
In dieser Stadt fühlte er sich so furchtbar einsam, so allein, dass er sogar herrenlose Hunde beneidete. Er war jung. Schönes erregte ihn, besonders schöne Mädchen. Abends im Bett streichelte er sich, um das Verlangen seines Körpers zu stillen und seine Einsamkeit nicht übermächtig werden zu lassen.
Spät am Samstagabend, nach der Arbeit, ging er trotz Erschöpfung in ein Sexkino in die Stadt. Das war sein einziges Vergnügen, das einzige, was seinen Adrenalinspiegel in die Höhe trieb, seine einzige Ablenkung, die ihn alles vergessen ließ, bei der er nicht auf Spesen achtete. Angeekelt aber kam er wieder heraus und empfand seine Einsamkeit nur umso stärker. Er trieb sich in den Bordellen in der Stadt herum. In Metaxourgio stand in einem Bordell auf Albanisch: »Nur für Griechen«.
In der nächsten Woche würde er wieder am Samstagabend ins Kino gehen, wieder angeekelt herauskommen, wieder und umso heftiger seine Einsamkeit spüren.
Daraufhin würde er sich wieder in den Bordellen des Zentrums herumtreiben. Er würde denselben Satz auf Albanisch lesen: »Nur für Griechen.«
Eines Tages stieß er in einem Bordell auf seine Cousine. Sie war blass und glich einem nackten Gespenst. An diesem Abend weinte

er heftig, ohne genau zu wissen, warum: wegen seiner Heimat, wegen seiner Einsamkeit oder wegen seiner Cousine. Vielleicht wegen allem zusammen.

16

Alba und ihre Mutter wurden einen Monat nach dem Selbstmord des »Kommandanten«, wie ihr Vater genannt wurde, in die Verbannung geschickt. Diese ganze Zeit ließ sich Alba nirgendwo blicken, sie blieb den ganzen Tag über im Haus und ging auch nicht zur Schule. Jeden Tag stellte sich Dschamal mit seinem Fäkalienwagen vor die Schule, in der Hoffnung, dass sie irgendwann herauskommen würde; bis er von einem Kollegen, der gegenüber von Albas Haus wohnte, erfuhr, dass sie verbannt worden war. Der Kollege erzählte ihm, dass nachts ein schwarzer Jeep von der Staatssicherheit gekommen war, begleitet von einem Dutzend Polizeibeamten. Die Nachbarn hatten die gellenden Schreie von Albas Mutter in der Dunkelheit gehört. »Sie dürfen uns nicht fortschicken, wir sind unschuldig!«, schrie sie.
Keiner wagte es, sich am Fenster zu zeigen; alle verfolgten die Szene, hinter den Gardinen versteckt. Auch besagter Kollege hatte die Szene auf diese Weise beobachtet, heimlich, mit schreckgeweiteten Augen. Und er erzählte Dschamal, dass sie nicht einmal ihre Sachen mitnehmen durften, nur Alba trug gerade mal einen Koffer. »Obwohl es Nacht war, konnte ich ihr Gesicht erkennen. Es war so weiß wie das Gesicht einer Toten«, sagte er.
An diesem Tag trank Dschamal viel, so viel, dass er auf der Fahrt durchs Stadtzentrum die Kontrolle über sein berühmtes Fahrzeug verlor und das Schaufenster eines Ladens rammte. Glücklicherweise geschah das um Mitternacht, als das Geschäft leer war. Andernfalls wäre es

zu einer Katastrophe gekommen. Die Fensterscheibe zerbarst in tausend Scherben, und er kam mit einem gebrochenen Arm davon. Aber das war nicht das Schlimmste. Zu seinem Pech hing noch ein riesiges Plakat mit der Fotografie des Großen Führers in der Auslage – ein Relikt seiner Geburtstagsfeier. Darüber stand in Großbuchstaben: »Lebe hoch, so hoch wie die höchsten Berge, Genosse Enver!« Man brachte Dschamal direkt auf das Polizeirevier, und obwohl er sich vor Schmerzen krümmte, versuchte man ihn zu verhören. Es war sein Glück, dass er ohnmächtig wurde und sie ihn ins Krankenhaus bringen mussten. Nur der liebe Gott weiß, was er an diesem Abend sonst noch alles hätte erleiden müssen.

Doch sein Abenteuer war damit nicht zu Ende. Nach seiner Entlassung aus dem Krankenhaus wurde er zu einer außerordentlichen Sitzung der Partei einbestellt, um Rede und Antwort zu stehen. Dort hörte er zum ersten Mal gewisse Andeutungen, dass er Beziehungen zu Feinden der Partei unterhalte. Natürlich war Alba damit gemeint. Er hatte Glück: Hauptsächlich dank der Beziehungen seines Vaters, der ein alter Kommunist war, kam er mit dem Verlust seiner Arbeitsstelle davon. »Was ist denn aus Alba geworden? Hast du sie wieder getroffen?« fragte der Sexjunge. Dschamal schlug die Augen nieder, atmete schwer und sagte: »Einen Monat später wurde sie tot aufgefunden. Sie hatte sich die Pulsadern aufgeschnitten.« Tiefe Stille senkte sich auf uns herab, und keiner wagte mehr, einen Ton zu sagen.

DIE ERSTEN WÖRTER

Der Migrant ist ein von Grenzen umgebenes Wesen. Die herkömmlichen Grenzen, die Länder voneinander trennen, sind für ihn nichts anderes als die großen und sichtbaren Grenzen. Es gibt jedoch Tausende von unsichtbaren Grenzen, die auf ihn warten, jeden Augenblick, jeden Tag. Fast in jedem Wunsch, in jedem Ziel, in jeder Handlung steckt eine Grenze. Die erste unsichtbare Grenze, das ist die Sprache. Welcher Migrant hat nicht jene anfängliche Rührung erfahren – die der ersten Liebe erstaunlich nahekommt – wenn man die ersten Sätze dieser fremden Sprache ausspricht, die bis dato einem Trommelfeuer oder dem Rattern einer Nähmaschine glich?

Er versucht, sich flugs Betonungen und seltene Ausdrücke anzueignen, besonders jene, von denen er glaubt, sie würden ihn dahin bringen, den Unterschied zwischen ihm und den Einheimischen auszugleichen: »Menschenskinder!«, »Ach, du heilige Scheiße!«, »Das ist ein Mist!«, »Du gehst mir auf den Sack!«, »Heilige Mutter Gottes!«, »Jetzt reicht's mir aber!« und das wohlbekannte »Eh, Alter!« Er gibt sich besondere Mühe mit der Aussprache und hat nur ein Ziel: wie ein Einheimischer zu klingen. Er will die Einheimischen unbedingt davon überzeugen, dass er das Zeug dazu hat, eines Tages einer von ihnen zu werden.

17

Ich fühlte mich, als hätte ich einen Schlag auf den Kopf abgekriegt. Nicht nur der Geschichte mit dem Scheißewagen und dem Selbstmord der wunderschönen Alba wegen, von der ich nicht wusste, wieviel Wahrheit sie enthielt, oder ob es sich um eine Phantasieschöpfung von Dschamal handelte. Es war doch seltsam, so überraschend eine Gruppe auf der Flucht auch entstehen mochte, so unberechenbar konnten die einzelnen Mitglieder wiederum sein. Die Flucht bietet dir eine unglaubliche Freiheit: Plötzlich verspürst du das Bedürfnis, dir bislang unbekannten Menschen deine persönlichsten Geschichten zu erzählen, mit einer Leichtigkeit, die man für Oberflächlichkeit oder Wahnsinn halten könnte. Vielleicht geschieht das alles, weil du auf der Flucht keinen Beziehungsmustern mehr unterworfen bist. In der Fremde bist du allein, und die Einsamkeit macht dich anfangs trunken. Daher erzählst du auch nicht einfach nur, sondern legst in gewisser Weise ein Geständnis ab oder sprichst Erinnerungen aus, die bisher unausgesprochen geblieben sind.
Die Geschichte von Alba war eine furchtbare Geschichte – ob sie nun erdacht oder real war. In unseren großen und kleinen Städten tragen sich nicht selten derlei Geschichten zu. Ich war wie betäubt, vor allem weil ich spürte, dass sich etwas Großes in meinem Leben zugetragen hatte: Ich hatte die Grenze überschritten! »War das nicht einer deiner größten Träume gewesen?« fragte ich mich. »Ja, das stimmt«, lautete meine Antwort. Aber, wie soll ich es am besten ausdrücken: Ich konnte nicht richtig

durchstarten. In meiner Heimat, im Gefängnis des Wahnsinns, hatte ich mir vorgestellt, dass nach meinem Grenzübergang ein völlig neues Leben für mich begänne. Es wäre, kurz gesagt, eine andere Welt. Und tatsächlich war das, was ich um mich herum sah, eine andere Welt. Auf jeden Fall ganz anders als die, in der ich bis gestern gelebt hatte. Ich war frei in der Welt-jenseits-der-Grenze.
Aber ein merkwürdiges Gefühl hatte mich beschlichen, das ich nicht genau beschreiben konnte. Ich fühlte mich wie verwaist: vollkommen frei und zugleich vollkommen verloren. Ich sah die Schilder auf der Straße und versuchte, diese für mich unverständlichen Buchstaben zu verstehen. »Diese Sprache werde ich niemals lernen«, sagte einer der Fahrer. »Warum schreiben diese Griechen nicht wie alle anderen in der restlichen Welt?« fügte Dschamal hinzu, im festen Glauben, der Rest Welt verwendete ausschließlich die lateinische Schrift.
Unterdes hatten die Fahrer ihren Blick auf eine Kirche geheftet, die sich in der Nähe der Haltestelle des Busses befand, auf den wir schon so lange warteten und der einfach nicht kommen wollte. »Sieht sie nicht aus wie eine Moschee?« fragte sich einer der Fahrer laut, im Ton eines Fachkundigen für Sakralbauten nicht nur des Byzantinischen, sondern auch des Osmanischen Reiches. In dem Moment hörten wir den Sexjungen zum ersten Mal sein Wissen offenbaren: »Es handelt sich hier um Moscheen, die nach der Vertreibung der Türken aus Griechenland in Kirchen umgebaut wurden.« Auf diesem Wege erhielten wir also Antwort auf eine Frage, diesmal nicht irdischer, sondern sogar göttlicher Natur. Schließlich kam der Bus doch noch, und wir stiegen ein. Der Schaffner verlangte unsere Fahrkarten. Unsere beiden Fahrer übernahmen die Kommunikation: »Albanien arm

dran, *Albania refugiat*«, das in der Sprache der Fahrer annähernd zu übersetzen war mit: Wir seien arme Albaner und Flüchtlinge zugleich. Der Schaffner wurde wütend. Wer weiß, wie viele Albaner er in diesen Tagen mit denselben Sprüchen in seinen Bus hatte einsteigen lassen. Auf alle Fälle verstand ich, dass er drohte, uns rauszuschmeißen, falls er uns noch einmal ohne Fahrschein erwischte.

Wir quetschten uns hinten in den Bus, alle Passagiere drehten sich nach uns um und verfolgten unseren Dialog mit dem Schaffner, der eher einem Dialog zwischen Taubstummen glich. Ich ging zu einem der Fahrer und flüsterte ihm ins Ohr, er möge uns von dem Geld, das er im Café gewechselt hatte, doch bitte einen Fahrschein kaufen; denn wir machten wahrlich keinen guten Eindruck bei den anderen Fahrgästen. Wütend guckte er mich an und meinte auf Albanisch: »Ich wusste nicht, dass du so ein Idiot bist.« Die anderen schienen ganz seiner Meinung zu sein.

Diese Episode geriet glücklicherweise rasch in Vergessenheit. Im Grunde waren wir froh, dass wir in eine große Stadt fuhren, endlich in eine »durch und durch kapitalistische Stadt«, wie Dschamal es ausdrückte.

MERK DIR, FREMDER

Je besser du dir die fremde Sprache aneignest, umso mehr glaubst du, dass du es geschafft hast. Das war's, denkst du voller Enthusiasmus. Die Einheimischen fragen dich inzwischen: »Wie hast du bloß so schnell die Sprache gelernt?« Und du spürst – vielleicht zum ersten Mal – ihren Blick mit einer gewissen Bewunderung auf dir. Oder kommt es dir nur so vor? Du glaubst, dass dir jetzt der Weg zu ihrer Welt offensteht. Sogar dein Chef scheint anders mit dir zu reden. Allerdings erinnert er sich spätestens am Ende der Woche bei der Lohnauszahlung wieder daran, dass du ein Fremder bist. Auf diese Weise stellt sich immer wieder die Distanz zwischen einem Fremden und den Einheimischen ein.

Und allmählich, nach Tagen, Wochen, Monaten, Jahren begreifst du, dass die Sprache allein nicht genügt. Außerdem wird niemals eine Gelegenheit ausgelassen, dich in dieser frisch erworbenen Sprache daran zu erinnern, dass du Ausländer bist. In den Nachrichtensendungen, auf dem zuständigen Amt, wenn du die Aufenthaltserlaubnis beantragst, beim Versuch, eine Wohnung zu mieten, und du erfährst, dass »Ausländer und Haustiere nicht zugelassen« sind. Wenn du auch noch eine andere Hautfarbe hast, dann hast du einen Grund mehr, dich daran zu erinnern, dass du ein Fremder bist. Hauptsächlich wegen der Beschimpfungen und der Blicke. Diese Blicke der Weißen, die nur Schwarze entschlüsseln können.

Auf der Arbeit, wenn dein Chef dich bezahlt, wirst du daran erinnert. Auf der Straße wirst du daran erinnert, während der Kehraus-Operationen und den Passkontrollen der Polizei. Im Bus wirst du daran erinnert, wenn die Einheimischen rufen: »Sie nehmen uns sogar die Sitzplätze weg, diese Ausländer, unser Land ist zu einem Haus der offenen Tür geworden«, oder, wenn sie sich untereinander warnen: »Pass auf dein Portemonnaie auf, damit kein dreckiger Albaner es dir klaut!« In der Bar wirst du daran erinnert, wenn einheimische Mädchen, sobald sie hören, woher du kommst, sich in Luft auflösen. Und Unzähliges mehr …

18

Wir kamen in Igoumenitsa an und aus dem Staunen nicht heraus. Die Cafés waren voller Menschen, besonders jungen Leuten. Die Geschäfte strahlten, noch geschmückt mit den Lichtern von Neujahr. Die Werbung war allgegenwärtig. Luxuriöse Autos und schöne Kleidung. Wir fünf schauten fassungslos drein. Ohne lange zu überlegen, beschlossen wir, dass hier für uns der ideale Ort wäre, um Arbeit zu finden und zu leben. »Kapiert ihr, ihr Deppen, was wir mit dem Kommunismus verloren haben?«, fragte Dschamal, aber mit einem Gesichtsausdruck, der bedeutete, dass er eher sich selbst meinte. Wir wussten nicht, was wir zuerst bewundern sollten, als einer der Fahrer, der eine Neigung zu theoretischen Erörterungen hatte, den Satz sagte, der in dieser beißenden Kälte eine weitere hitzige Debatte auslöste: »Die Griechen haben eben einfach Glück, das ist schon seit dem Altertum so.« Er fuhr fort, seinen Fundus an historischen Kenntnissen auszupacken und sagte, dass Griechenland dank der Amerikaner gerade noch um ein Haar vor dem Kommunismus gerettet worden war; dass die Griechen jetzt vom Geld der Europäer lebten und im Grunde nichts anderes taten als im Sommer baden zu gehen und sich nachts zu vergnügen. »Warum hatten wir das Vergnügen unter Enver Hodscha und nicht diese verdammten Hurensöhne!« fragte er sich und beendete damit seinen Marathon durch die Geschichte. Bei dieser Frage schaute er himmelwärts, als unterhielte er sich mit einer höheren Macht oder erbäte eine Erklärung von Gott höchstpersönlich.

Da sprang Dschamal auf, der sich sehr für theoretische Exkurse begeistern konnte und antwortete: »Weil wir Arschlöcher sind, darum!« Und er schaute nicht gen Himmel, sondern auf den Fahrer, als wollte er sich mit ihm duellieren. Dieser reagierte nicht. Auch der andere Fahrer sagte nichts. Ich ebenso wenig. Nur der Sexjunge nahm all seinen Mut zusammen und sagte etwas über das Schicksal und dass die Geschichte eine große Hure sei. Mit der sexuellen Deutung der Geschichte schienen alle zufrieden zu sein.

So gingen wir weiter durch die Stadt und kamen an einigen Baustellen vorbei; dort entstanden Wohnhäuser. Wir hatten alle schon am Vorabend das griechische Wort für Arbeit gelernt. Der Sexjunge und ich gingen zu den Arbeitern und brachten unser neu gelerntes Wort zum Einsatz: »Arbeit«, sagte ich. »*No* Arbeit«, antwortete einer von ihnen. Mir schien, als würde er mitleidig lächeln. Wir verließen das Gelände und gingen ein Stück weiter. Wir stießen auf eine andere Baustelle und sagten wieder unser Wort: »Arbeit.« Statt einer Antwort bekamen wir nun eine ganze Kaskade von Wörtern zu hören, die wir alle nicht verstanden. Dem Gesichtsausdruck des Arbeiters nach zu urteilen, war er wütend, dass wir ihn angesprochen hatten und wollte uns zu verstehen geben, dass wir wieder abhauen sollten.

Das machten wir dann auch. Als wir ein Stück weit weg waren, hielt der Sexjunge vor dem Schaufenster eines Cafés, das voller junger Menschen war. Der Sexjunge schaute und schaute. »Ich habe noch nie so schöne Mädchen gesehen«, sagte er voller Unschuld. »Wo hättest du auch schöne Mädchen sehen wollen, in deinem Dorf etwa? Du hast doch in deinem Leben bislang nur Kühe gesehen!«, neckte Dschamal ihn mit dem Gehabe von jemandem, der gerade mit der letzten Maschine aus New York gelandet war. Die anderen brachen in Lachen aus, wurden aber sofort wieder ernst und nachdenklich, als sie sahen, wie ein Schwarzer und ein blondes Mädchen sich küssten. »Siehst du«, sagte einer der Fahrer, »der hat Kohle, der Schwarze, der ist nicht so abgebrannt wie wir.« Der andere Fahrer meinte, wir sollten nicht weiter über den Schwarzen nachdenken, sondern besser, wie wir Arbeit finden könnten. Aber Dschamal wollte die Diskussion noch nicht beendet wissen und äußerte noch, dass die Frauen der Reichen verrückt seien nach Schwarzen und Migranten, weil es in diesen Wohlstandsländern im Grunde keine Männer mehr gebe. Konkreter gesagt: Die Männer gingen miteinander ins Bett und ließen die Frauen allein. Der Sexjunge verfolgte diese Diskussion mit großer Lust. An seinen Reaktionen konnte man erkennen, dass ihm die unterschiedlichsten Bilder und Ideen durch den Kopf schossen. Einer der Fahrer, der sich gefragt hatte, warum ausgerechnet uns und nicht den Griechen ein Enver Hodscha beschert worden war, bestand darauf, das Puzzle jener Diskussion zu vervollständigen. Er behauptete, der Wohlstand sei dafür verantwortlich, wenn die Männer verdorben würden, wenn sie verweichlichten, er mache sie zu Memmen. Er gab eine originelle Erklärung ab, nach der einzig und allein albanische Männer, auch wenn sie zu Wohlstand kämen, niemals zu Memmen würden. Erstens, weil sie großen Appetit auf Frauen hätten, und zweitens, und das sei der Hauptgrund, sei die Männlichkeit in ihrer DNA ein für alle Mal festgelegt.

Da unterbrach ihn der Sexjunge – es war eine seiner unerwarteten Wortmeldungen – um uns eine Anekdote zu erzählen. »Einmal ging ein Albaner, ein Proletarier des sozialistischen Albaniens, in die andere Welt und traf Skanderbeg, den Nationalhelden der Albaner. Skanderbeg fragt ihn, was denn mit seinen Nachkommen geschähe. Der Proletarier sagt, dass es ihnen nicht so gut ginge, weil sie für viel Arbeit nur geringen Lohn erhielten, aber das Schlimmste sei, dass sie verrückt nach Sex wären und keinen fänden. *Großer Hunger auf Frauen,* sagt er. *Nur die Parteibonzen machen Sex, soviel sie wollen, wir Proletarier gehen buchstäblich zugrunde.* Skanderbeg wird traurig und fragt, ob sie sich nicht wenigstens ab und zu einen runterholen würden, um den größten Druck abzubauen. *Leider können wir nicht einmal das tun,* antwortet der Proletarier, *die Parole der Partei lautet: Mit der Waffe in der einen und der Hacke in der anderen Hand bauen wir den Sozialismus auf! Und so sind beide Hände besetzt.*

DU HAST EINEN UNVERSTÄNDLICHEN NAMEN

Du lernst die Namen der Einheimischen sehr leicht. Sie hingegen tun sich sehr schwer damit, den deinen zu lernen: Sie können ihn sich einfach nicht merken. Oder, um ehrlich zu sein, es gefällt ihnen nicht, dass du diesen unverständlichen, unleserlichen, unerhörten Namen trägst. Manchmal, ohne dich zu fragen, geben sie dir einen Namen ihrer Wahl, um nicht durcheinander zu kommen, um Ordnung und Harmonie wiederherzustellen. »Ich werde dich Jannis nennen«, sagte eines Tages der Meister, mit dem du auf der Baustelle arbeitest, »damit du einen vernünftigen Namen hast, wie alle Menschen.« Und du akzeptierst das einfach so, wie man sein Schicksal akzeptiert. Denn du willst um jeden Preis die Sympathie der Einheimischen gewinnen, du hast verstanden, dass die fremden Namen nur dann schön sind, wenn die Touristen sie tragen, aber du bist kein Tourist, sondern ein Bittsteller. Schließlich sind das die hiesigen Gewohnheiten, und du musst dich anpassen, sagst du dir. Wenn du dich nicht anpasst, wirst du es nie schaffen. Und du erinnerst dich an deinen anfänglichen Eid: »Ich muss es schaffen.« Von nun an hast du wahrscheinlich zwei Namen: einen für dich und einen für die Fremde. Einen für hier und einen für dort. Und dein »Hier« ist jetzt und vielleicht für immer die Fremde.

19

Es scheint, als sei an jenem Tag alles im Sinne des Sexjungen gelaufen. Wir waren noch keine fünf Schritte gegangen, als wir vor einem Videoclub standen. Wir hatten noch nie so etwas gesehen, nur im Fernsehen. Die Wahrheit ist: Uns wurde schwindelig beim Anblick dieser Dinge, besonders der vielen Kioske und der Verkäufer, die mit riesigen Megaphonen unterwegs waren. Die Kioske erschienen uns vollkommen surreal. Dschamal wunderte sich sehr, warum sie nicht ausgeraubt wurden. »Wenn die in Albanien stünden, wären sie im Nullkommanichts leer«, sagte er.
Auf jeden Fall stürmten wir in den Videoclub, als ob wir den Messias gesehen hätten. Im Laden war nur eine Verkäuferin, eine dunkelhaarige, sehr hübsche junge Frau. Als sie sah, wie wir, in Lumpen gekleidet, schwarz vor Dreck, mit ungekämmten Haaren, auf diese Art in den Laden einfielen, bekam sie es mit der Angst zu tun. Sie stand von ihrem Stuhl auf und trat einen Schritt zurück. Sie fragte nicht einmal, was wir wünschten. Sie starrte uns einfach an, als ob sie darauf wartete, dass wir sie angriffen oder die Regale mit den Kassetten abräumten. In der Zwischenzeit hatte der Sexjunge sein Steckenpferd gefunden: ein Regal voller Pornofilme. Er begutachtete sie alle eingehend, von vorne und von hinten, wie ein Archäologe, der auf Dinosaurierknochen gestoßen ist. Hätten wir ihn nicht weggezogen, hätte er dort vielleicht eine ganze Woche, mindestens, zugebracht und sich umgesehen.

Als wir wieder draußen waren, liefen Dschamal und die beiden Fahrer ein Stück vorweg, und der Sexjunge und ich hinter ihnen her. Und dann erzählte er, der nach dem Kontakt mit den Pornokassetten sehr gesprächig geworden war, die sogenannte Valium-Geschichte: Er hatte von einem Typen in der Stadt ein spezielles Gerät ergattern können, das »Kanoce[1]« genannt wurde und einem erlaubte, fremde Sender zu schauen, die man mit der normalen Antenne nicht empfangen konnte. Unter diesen Sendern gab es zwei oder drei, die spät nachts Pornofilme brachten. Seine Wohnung aber war sehr klein, und wenn er den Fernsehapparat zu nachtschlafender Zeit einschaltete, wurden seine Eltern im Nebenzimmer wach. Einmal erwachte sein Vater, und es gab einen Riesenkrach, als er sah, was sein Sohn da anschaute. Aber der Sexjunge konnte der Versuchung einfach nicht widerstehen und dachte sich eine originelle Art aus, wie er das Problem mit seinen Eltern lösen könnte. Er besorgte sich Valium, das er den Eltern jeden Abend ins Essen mischte. Selbstverständlich gab er in die Portion seines Vaters die doppelte Menge. So konnte er ganze Nächte lang in Ruhe seine geliebten Filme genießen. Leider schöpfte der Vater Verdacht; es kam ihm komisch vor, dass seine Frau und er in letzter Zeit so tief schliefen und am anderen Morgen kaum wach wurden, um zur Arbeit zu gehen. Und so erwies sich der Vater eines Abends ein bisschen schlauer als der Sohn: Er gab vor zu essen, warf das Essen aber in die Toilette. An das, was dann folgte, wollte sich der Sexjunge nicht einmal mehr erinnern! Er wurde *in flagranti* ertappt. Das »Kanoce« wurde zu Asche, und er selbst bezog die Prügel seines Lebens.

1 Albanisch für Blech, Konservendose

Bei der Gelegenheit erfuhr ich den richtigen Namen des Sexjungen. Er hieß Marenglen, ein Name, der sich aus drei heiligen Namen zusammensetzte: Marx, Engels, Lenin.

ABENDS KOMMT ES NOCH SCHLIMMER

Du hast deinen Namen geändert. Du hast dich taufen lassen. Du hast die Sprache gelernt: seltene Wörter und allgemein gebräuchliche Ausdrücke; die ersteren, um deine Zuhörerschaft zu bezaubern, die letzteren, um zu zeigen, dass du dazugehörst. Trotzdem fühlst du dich fremd, sehr fremd, übertrieben fremd, regelrecht als Eindringling.

Abends kommt es noch schlimmer. Erste Meldung in den Nachrichten: »Albaner vergewaltigen und ermorden Siebzigjährige.« Zweite Meldung: »Abscheuliches Verbrechen in der Vorstadt. Laut Polizeiaussage waren die Täter sehr wahrscheinlich Albaner.« Es folgt die Äußerung eines Polizeibeamten: »Nach albanischen Verbrechern zu fahnden, das ist wie die Nadel im Heuhaufen suchen.« Dritte Meldung: »Vermummte, sehr wahrscheinlich Albaner, dringen in ein Haus in Peristeri ein, bedrohen ein älteres Ehepaar mit Äxten und Messern und rauben sie aus.« Du fragst dich: Wie ist es möglich, dass sie als Albaner identifiziert wurden, wo sie doch vermummt waren? Aber das ist wohl kaum von Bedeutung. Unmittelbar danach folgt eine Reportage über die Kriminalität der Migranten, insbesondere der Albaner. Untermalt von der Musik eines Films von Dario Argento und danach von Richard Wagner zählt der Journalist die Verbrechen auf, die »Albaner« oder »aller Wahrscheinlichkeit nach Albaner« begangen haben. Er spricht wie ein Kriegsberichterstatter und ruft aus: »Wir haben eine Bombe mitten unter uns. Sie tickt bereits und ist kurz vorm Explodieren. Sie verwüsten alles und jeden. Die Albaner morden, rauben, vergewaltigen, verbreiten Angst und Schrecken. Sie sind außerordentlich gefährlich. Das Maß ist jetzt voll! Weist sie endlich aus! Das ist der Wille des Volkes. Die albanischen Einwanderer sind eine Geißel für unser

Land. Sie müssen so schnell wie möglich unser Land verlassen. Sie plündern Landhäuser, dringen in Wohnungen ein, morden für lächerliche Summen und sind in den meisten Raubüberfällen an vorderster Front dabei.« Ende der Reportage. Der Journalist verschwindet. Die musikalische Untermalung aus dem Film von Dario Argento auch.

20

Der Sexjunge war mit seiner Erzählung noch nicht zu Ende, als wir an einen Supermarkt gelangten. Die beiden Fahrer wollten nicht hineingehen. Sie hielten intensiv Ausschau nach einer Werkstatt, um nach Arbeit zu fragen. Dschamal, der Sexjunge und ich wollten in den Supermarkt. Schließlich gingen wir alle fünf hinein. Der Laden war nicht groß, aber es war der erste Supermarkt, den wir in unserem Leben sahen. Geld, um etwas zu kaufen, hatten wir nicht. So spazierten wir nur herum und bewunderten nicht so sehr die Produkte als solche, sondern den Überfluss und die Freiheit, dir auszusuchen, was du willst und wie du es willst. Wir liefen umher, schauten, bewunderten die Auslage, ohne zu reden, ein jeder versunken in seiner Welt. Die anderen Kunden und besonders die Verkäufer beäugten uns und schienen zwischen Neugier, Mitleid und Angst hin und her gerissen. Irgendwann sah ich Dschamal vor einem Regal mit Shampoos und Parfüms stehen. Ich kann mich nicht genau erinnern, wie lange wir uns in dem Laden aufgehalten hatten. Und irgendwann beschlossen wir zu gehen.
An diesem Punkt begann ein regelrechtes Abenteuer. Als die Supermarktangestellten uns sagten, wir sollten zur Kasse gehen, antworteten wir, dass wir nichts gekauft hätten. Da kamen plötzlich zwei Typen auf uns zu, die uns anwiesen, uns alle in eine Ecke zu stellen und dort zu warten. Besonders Dschamal schien sehr nervös zu sein und schlug vor, die Biege zu machen, aber die beiden Fahrer ergriffen das Wort: wenn wir abhauten,

sagten sie, würden die Angestellten die Polizei rufen und wir bekämen sehr viel Ärger. Also warteten wir einige Minuten, bis ein paar uniformierte Muskelprotze mit argwöhnischem Gesichtsausdruck erschienen, die wir sofort für Polizeibeamte hielten. Sie bedeuteten uns, die Hände hochzuheben; jedenfalls verstanden wir es so. Wir rechneten damit, kontrolliert zu werden. Einer der Fahrer wollte schon protestieren, ließ aber umgehend wieder davon ab. Offenbar ließ ihn allein der Anblick der Polizeibeamten verstummen. Die anderen Kunden schauten, als ob wir Marsmenschen wären, die plötzlich zum Einkaufen in den Supermarkt herabgestiegen wären. Die Männer, die wir für Polizisten hielten, steckten ihre Finger in unsere Anoraks und Hosentaschen in der Hoffnung, etwas zu finden, und da sie nichts fanden, ließen sie uns laufen. Kaum waren wir draußen, erinnerten uns die beiden Fahrer daran, dass sie mit ihrem Standpunkt recht gehabt hatten, den Supermarkt gar nicht erst zu betreten, und dass diese Unmenschen in Uniform uns in aller Öffentlichkeit grundlos erniedrigt hatten.
Ich wartete darauf, dass Dschamal wie gewöhnlich etwas sagte, höchstwahrscheinlich gegen den Kommunismus, aber ich täuschte mich. Stattdessen hatte er einen Gesichtsausdruck angenommen, der Zufriedenheit und Spott verriet. »Damit könntest du in Albanien ein ganzes Bataillon von Mädchen anlocken, mein Freund«, sagte er und zeigte uns die Flasche Parfüm, die er hatte mitgehen lassen. Sofort begann einer der beiden Fahrer Dschamal zu schimpfen: Er sei ja wohl nicht hierhergekommen, um zu klauen, sondern um zu arbeiten. Dschamal nannte ihn ein Arschloch und meinte, das gestohlene Parfüm würde den Supermarktbesitzer doch nicht arm machen. Ein derbes Wort ergab das andere, die Gemüter erhitzten sich,

und irgendwann wurden die beiden handgreiflich. Dschamal machte den Anfang und trat den Fahrer, nachdem der seine Mutter beleidigt hatte. Wir gingen dazwischen, versuchten, sie zu trennen, und wurden alle zu einem einzigen Menschenknäuel. Plötzlich rief der Sexjunge laut: »Leute, die Bullen!«, und brachte uns wieder zur Besinnung.

Tatsächlich fuhr weniger als hundert Meter entfernt ein Streifenwagen der Polizei vorbei, der mit einem Mal die Richtung wechselte und auf uns zugefahren kam. Vermutlich war die Polizei auf unseren Tumult aufmerksam geworden. Ich weiß nicht mehr, wer als erster loslief, vermutlich Dschamal, der das Parfüm geklaut und einen Grund hatte, sich zu fürchten; dann rannten auch wir wie von der Tarantel gestochen los. Ich bin mir noch nicht einmal sicher, ob der Streifenwagen uns überhaupt folgte. Ich erinnere mich nur, dass wir uns auf einer Baustelle versteckten, atemlos vom Spurt und voller Panik, dass uns die Polizisten entdecken könnten. Da fragte der Sexjunge, noch außer Atem und voller Neugier, Dschamal: »Sag mal, wo hattest du denn das gute Stück versteckt, dass sie es gar nicht gefunden haben?!«

ES FOLGT WERBUNG

Es folgt Werbung. Schöne Strände, elegante Autos, sexy Frauen auf High Heels, Zahnpasta, Toilettenpapier, Erfrischungsgetränke, Lebensversicherungen, Aftershave und Damendessous schweben durch die Luft, musikalisch begleitet vom Walzer op. 64, Nr. 1 von Chopin. Eine himmlische zärtliche Welt mit vollkommenen Formen, zu der man schnell Zugang hat. Alles ist leicht erschwinglich: edle Autos, moderne Mobiltelefone, tadelloses Englisch, laue Nächte, Drinks, Erotik, schillernde Identitäten, die man wechseln kann wie die Hemden. In dieser bewundernswerten Welt, die mit atemberaubender Geschwindigkeit und Leichtigkeit konsumiert, fühlst du, dass ihr, du und deine Herkunft, die einzige Dissonanz seid.

Etwas stimmt nicht, denkst du, an irgendeiner Stelle funktioniert das Spiel nicht, es wird unfair, brutal und unbarmherzig. Warum muss ich für die Taten eines jeden Schurken, der zufällig im selben Land geboren ist wie ich, geradestehen? Ich kann nur für meine eigenen Taten geradestehen, höchstens noch für die meines Bruders oder für die meiner Eltern. Die im Übrigen niemals auch nur daran gedacht haben, jemandem etwas Böses anzutun. Jeder in dieser Welt steht für die eigenen Taten gerade. Dieses ganze Spiel, das hier gespielt wird, scheint mir abgekartet und unbarmherzig zu sein, da ein Teil des Spiels beinhaltet, dass ich mich von vornherein schuldig und als Täter fühlen soll, ohne etwas Böses getan zu haben.

Ein Schuldiger hat keine Rechte, er hat nur Pflichten: Seine Hauptpflicht ist, sich stets unterlegen zu fühlen, sich anders zu fühlen, dankbar zu sein, dass er überhaupt leben darf. Du sitzt da wie erstarrt – in der Hand noch immer die Fernbedienung. Du schaltest den Fernsehapparat aus. Du weißt nicht, ob du weinen oder schreien sollst. Es steigt das Bedürfnis in dir hoch, in etwas zu beißen, vielleicht in den Fernsehapparat oder in die Fernbedienung, vielleicht in dein eigenes Fleisch. Und da kommen dir mit einem Mal die Verse in den Sinn, die du einst gelesen hast und von denen du nicht mehr weißt, wer sie geschrieben hat: »Kannst du dich erinnern/ an die zerbrochenen Zähne der Liebe/ die vor Hunger und Trauer/ in die Sterne bissen?«

21

Ich weiß nicht, wie lange wir auf der Baustelle versteckt abwarteten. Die Stimmung war getrübt, weniger wegen des Streifenwagens der Polizei, von der wir nicht sicher waren, ob sie uns überhaupt noch suchte, sondern eher wegen des Streits zwischen Dschamal und einem der beiden Fahrer. Schließlich verließen wir die Baustelle und verwarfen unseren ursprünglichen Plan, an jenem Abend in Igoumenitsa zu übernachten, um am nächsten Morgen die Suche nach Arbeit fortzusetzen. Wir fürchteten Ärger mit der Polizei. Da wir langsam schrecklichen Hunger bekamen, boten die beiden Fahrer an, für alle etwas zu essen zu kaufen, da sie ja die einzigen waren, die Drachmen hatten. Obwohl der eine von ihnen sich mit Dschamal gestritten hatte, schlossen sie ihn nicht von der Runde aus. Wir blieben vor einem Laden stehen, die Fahrer gingen hinein und kamen mit einem Sandwich für jeden wieder heraus. Da wir einen solchen Kohldampf hatten, war es für uns ein Festmahl, während Dschamal wieder eine Gelegenheit fand, auf den beschissenen Kommunismus und den noch beschisseneren Enver Hodscha zu fluchen.

Nachdem wir unser Sandwich gegessen hatten, wurde die Kälte langsam unerträglich, und daher kamen wir überein, zurück ins Flüchtlingszentrum zu gehen. Wir wussten sowieso nicht, wohin sonst. Wir hatten Schwierigkeiten, die Bushaltestelle zu finden und warteten wieder lange, weil wir weder wussten, wann die Busse kamen, noch wann sie abfuhren. Irgendwann kam dann der

Bus. Wir stiegen ein. Diesmal war es ein anderer Schaffner. Er verlangte die Fahrkarten von uns, und die Antwort lautete wieder: *Albania fukara, Albania refugiat*. Der neue Schaffner war ebenfalls wütend, aber er drohte uns nicht wie der vorige, uns hinauszuwerfen. Dieses Mal sagte ich kein Wort über Bustickets zu den beiden Fahrern. Ab und zu wechselte ich ein paar Worte mit dem Sexjungen. Die beiden Fahrer schwiegen und wirkten nachdenklich. Sogar Dschamal schien nachdenklich zu sein. Wir waren mit der Gewissheit nach Igoumenitsa gefahren, dass wir Arbeit finden würden und kehrten zurück nach einer Leibesvisitation im Supermarkt, einem Streit untereinander und mit einem geklauten Parfüm, das in Albanien laut Dschamal eine ganze Schar von Mädchen anlocken würde. Schließlich kamen wir in unserer Unterkunft an. Die Situation war unverändert: Soldaten, Polizisten und Schlange stehende albanische Flüchtlinge. Während wir in der beißenden Kälte in Igoumenitsa unsere Runden gedreht hatten, waren noch mehr Flüchtlinge angekommen, was dazu führte, dass sich die Menschenmenge in der Lagerhalle vervielfacht hatte: Man hatte Schwierigkeiten, sich einen Weg durch die Menge zu bahnen. Von den Neuankömmlingen hörten wir allerlei Geschichten, und bei den meisten standen einem die Haare zu Berge. Einige sagten, dass die albanischen Soldaten die Grenze öffnen und schließen, wie es ihnen gerade passt; dass sie wahllos auf Flüchtlinge schießen oder sie ungestört passieren lassen, nach eigenem Ermessen. Einige sprachen von Massakern. Andere sagten, dass die Soldaten ihren Offizieren den Befehlsgehorsam verweigerten und, um nicht gezwungen zu sein zu töten, massenweise desertierten. Einige der Neuangekommenen waren über schwer zugängliches und gefährliches

Gebiet voller Schnee, Wölfe und Schluchten hierher gelangt. Sie zeigten uns eine Gruppe von jungen Leuten, die einen Freund von sich auf dem Weg in den Bergen verloren hatten. Ihn hatte eine verschneite Schlucht verschluckt. Er war erst achtzehn Jahre alt. Die anderen hatten wie durch ein Wunder überlebt. Es waren fünf oder sechs junge Leute, die schweigend und völlig entkräftet beisammen saßen. Andere erzählten Geschichten von Wölfen, die entkräftete Flüchtlinge angegriffen und in Stücke gerissen hatten.
Die neueste Information war, dass einige Flüchtlinge dabei waren, das Zentrum zu verlassen, um nach Athen zu fahren. Dort gab es wohl einen großen Platz, wo man sofort Arbeit fand. Diese Möglichkeit diskutierten wir auch unter uns. Dschamal, der Sexjunge und ich waren für die Flucht. Die beiden Fahrer aber waren überzeugt, dass man vor Ort eine Arbeit für uns finden würde, und sie bestanden darauf, dass wir uns nicht von hier wegbewegten.
Wir hatten uns ein wenig ausgeruht, als der Sexjunge, der stets die neuesten Neuigkeiten aus unserer Halle akribisch und erfolgreich zusammentrug, uns darüber informierte, dass ein Mensch mit einem »leichten Dachschaden« in unser Zentrum gekommen sei, der zur größten Attraktion für die Flüchtlinge geworden war. Der leicht Gestörte war sich nämlich ganz sicher, ein Neffe von George Bush zu sein. Das erzählte er jedem, natürlich nur im Vertrauen. Seiner Aussage nach war Bush Albaner, aus dem Dorf Dardhë e Vogël, was »Die Kleine Birne«, bedeutet und irgendwo in der Nähe der Grenze zu Griechenland lag. Und so versprach der *Neffe* von Bush allen, mit seinem Onkel zu reden, sobald er die Gelegenheit dazu fand, und ihn zu bitten, ein großes Flugzeug

zu schicken, in das wir alle hineinpassten und das uns direkt nach Amerika bringen würde. Es war die letzte Information, die ich an jenem Abend in unserer Lagerhalle bekam. Völlig erledigt und müde merkte ich gar nicht, wie ich einschlief und vor allem nicht, wo ich in dieser Menschenmasse Platz fand, mich hinzulegen.

EINST BEWUNDERER, JETZT GEISEL DES BILDSCHIRMS

Du hast die Sprache gelernt, um dich von den anderen nicht mehr zu unterscheiden. Und genau das kommt jetzt wie ein Bumerang zu dir zurück. Jetzt ist es nämlich so, dass du dich manchmal vollkommen fremd fühlst. Wenn du die Sprache nicht könntest, würdest du wenigstens nicht verstehen, was in den Nachrichten gesagt wird. Nun aber verstehst du alles. Fernsehen ist für dich zu einer Übung in Masochismus geworden. Und du siehst viel fern, weil du allein bist und nicht viel ausgehst. Alle Menschen, die allein sind und nicht viel ausgehen, sehen viel fern.
Das Fernsehen war einst der Quell schlechthin für deine Phantasievorstellungen, das einzige Fenster, aus dem du fliehen und mit deiner Phantasie reisen, von bewundernswerten und verbotenen Welten träumen konntest: vom Westen, von der Freiheit, der Gleichheit, dem Wohlstand. Du hattest in deiner Vorstellung eine harmonische und schöne Welt konstruiert. Mit diesem Gebilde im Kopf hast du die Grenze überquert.
Jetzt ist das Fernsehen zum Quell all deiner Alpträume geworden. Es projiziert ein groteskes, abstoßendes, furchterregendes Porträt von dir. Deine große Liebe ist plötzlich zu deinem bedrohlichsten Feind geworden. »Ich bin nicht so«, rufst du, aber deine Stimme kann das Bild nicht beeinflussen. Dieses Bild deines Gesichts fegt alles andere hinweg, vervielfacht sich in schwindelerregender Geschwindigkeit, gelangt überall hin und stößt nur auf geringen Widerstand, weil es die Welt auf ganz simple Weise erklärt: Das absolut Gute gegen das absolut Böse, der Ureinwohner gegen den Ausländer. Das verkauft sich, weil es das Gehirn des Menschen nicht anstrengt, weil es seinen archaischen Narzissmus und seine verborgenen Ängste bauchpinselt. Und du kannst nichts tun, weil deine Rolle in diesem

unbarmherzigen Theater die des absolut Bösen, des Schwarzen, des Ausländers ist. Du kannst nichts tun, weil du keine Stimme hast. Du bist noch nicht einmal ein braver Konsument. Alle diese bewundernswerten Dinge, die auf dem Bildschirm nach den Nachrichten aufmarschieren, kannst du nicht kaufen. Folglich bist du das absolute N-i-c-h-t-s. Und da zeigt sich dir die Welt vielleicht zum ersten Mal in ihren tatsächlichen Dimensionen. Ihre Entmystifizierung beginnt. Du merkst, dass du keine Luft mehr bekommst und sich deine Augen mit Tränen füllen, während jener Satz in deinem Gehirn hämmert, den niemand je gesagt hat und den nie jemand öffentlich aussprechen wird: »Du bist ein N-i-c-h-t-s, N-i-c-h-t-s, N-i-c-h-t-s.«

22

Am Morgen wachte ich auf, mein Kopf lag auf dem Oberschenkel eines Unbekannten, während der Kopf eines anderen Unbekannten auf meinem Bein ruhte. Ich war total verspannt, fror schrecklich und zitterte am ganzen Leib. Ein paar Leute hatten in der Lagerhalle Feuer gemacht, um sich aufzuwärmen, denn die Kälte ging einem durch Mark und Bein. Natürlich auf eigenes Risiko, würden die Polizisten nämlich etwas mitkriegen, wäre der Teufel los.
Ich bewegte mich behutsam, um weder den einen, der unter mir lag, noch den anderen, der auf mir lag, zu wecken; und mehr oder weniger gelang mir das auch. Ich ging zu den Menschen beim Feuer, die sehr erschöpft aussahen und beinahe im Sitzen einschliefen. Sie schienen mir Neuankömmlinge zu sein. Ich ging weiter, suchte nach meinen Bekannten. Kurz darauf traf ich den Sexjungen. Er war früher aufgestanden als ich und klagte, er habe die ganze Nacht kein Auge zumachen können; er hatte zwar einen Platz gefunden, um sich hinzulegen, aber zwei Typen neben ihm hätten schrecklich gestunken und nicht nur normal geschnarcht, sondern wie Esel geschrien, so laut, dass sogar ein Toter sich aus seinem Grab erhob und weit weg gerannt wäre. Wir kamen beide überein, dass die Lagerhalle mehr einem Schweinestall glich als irgendetwas anderem. Wenn das so weiterging, würden sich sicherlich bald Läuse und Krankheiten ausbreiten.
Kurz nach dem Aufwachen war mir an diesem Morgen wieder etwas eingefallen, auch wenn das angesichts der

Umstände in diesem Chaos etwas grotesk erschien: Ich wollte wissen, wie eine Buchhandlung im Westen aussah. Ich hatte mir gelobt: Sobald ich die Grenze überquert hätte, würde das das erste sein, was ich aufsuchen wollte. Bisher hatte ich es nicht geschafft, diesen Wunsch in die Tat umzusetzen, da meine Freunde in Igoumenitsa andere Dringlichkeiten und Sorgen gehabt hatten. Ich erzählte dem Sexjungen von meiner Idee. »Was? Das fällt dir jetzt erst ein? Gestern sind wir stundenlang durch die Stadt gelaufen!« rief er. Doch schnell erklärte er sich bereit, mit mir zu gehen. Auch er wollte dieser höllischen Atmosphäre entkommen, und eine bessere Gesellschaft als die meine würde er kaum finden. »Besser die Kälte draußen, da gibt es wenigstens keine Bazillen«, sagte er, und wir verließen das Lager, um zusammen ins Dorf zu gehen und die Buchhandlung zu suchen. Da ich keine Ahnung hatte, wo so eine war, fragte ich zwei junge Männer, halb auf Italienisch und halb auf Englisch. Sie erklärten mir radebrechend, wo das Gesuchte ungefähr zu finden wäre.

Bevor wir uns dorthin aufmachten, gingen wir in ein Café, um uns ein bisschen aufzuwärmen. Nur wenige Gäste, und der Kellner machte keine Anstalten, uns zu fragen, was wir wünschten. Er hatte sich offenbar daran gewöhnt, dass Gäste hereinkamen, die sich im Café nur aufwärmen wollten und nichts bestellten. Der Sexjunge und ich wechselten leise ein paar Worte auf Albanisch. Auf einmal kam der Kellner an unseren Tisch und brachte uns zwei Tassen Tee. Er sagte etwas auf Griechisch und zeigte auf jemanden weiter hinten im Café. Dort saß ein älterer Mann, der uns wohl den Tee spendiert hatte. So hatten wir es zumindest verstanden. Wir dankten ihm mit der traditionellen Geste, legten unsere

rechte Hand auf unsere linke Seite, nahe dem Herzen, und er antwortete mit einem herzlichen Lächeln und der gleichen Geste. »Die Griechen und wir sind vom gleichen Schlag«, sagte der Sexjunge und schlürfte seinen heißen Tee. Da wir das Privileg hatten, Tee zu trinken, betrachteten wir uns als ganz normale Gäste und folglich durften wir uns etwas länger im Café aufhalten, um uns aufwärmen. Solange, bis die Sonne ein wenig höher stand, mehr Kraft hatte. Und so machten wir es.
Als wir gingen, bedankten wir uns auf Griechisch, was dem Kellner sehr gefiel, und machten uns mit frischen Kräften auf die Suche nach der Buchhandlung des Westens. Dabei entdeckten der Sexjunge und ich so etwas wie eine Buchhandlung, die mir in jenem Moment wie ein Palast vorkam.

HARTES METIER

Migrant, Einwanderer, Bittsteller, in der Fremde Lebender: All das ist dein Metier. Und dein Metier ist hart. Du willst nicht dorthin zurückkehren, wo du hergekommen bist, und hier, wo du bist, bist du nicht willkommen. Du musst deinen Namen ändern, um einen Job zu finden. Du bist grundsätzlich unerwünscht.

Ein hartes Metier, denn eines Tages wurdest du krank, bekamst 39 Grad Fieber, konntest nicht zur Arbeit gehen, und dein Arbeitgeber entließ dich im Handumdrehen. Du giltst als anmaßend, wenn du etwas mehr als den üblichen Lohn verlangst, während es als Entgegenkommen und Großzügigkeit bezeichnet wird, wenn dein Arbeitgeber dir ein Zehntel des üblichen Lohns gibt, nach zwölf, dreizehn, vierzehn Stunden elender Schufterei.

Ein hartes Metier, denn drei Dinge sind dir heilig: Arbeit, Liebe, Aufenthaltserlaubnis. Die letztere ist besonders wichtig und ersetzt die erotische Leidenschaft.

Ein hartes Metier, denn die Polizeibeamten können dich festnehmen, wann sie wollen, dich beschimpfen, wie sie wollen, dich auf dem Revier festhalten, so lange sie wollen. Du hast den Ordnungshütern den Beinamen »Hüter der Sterne« gegeben, weil dein irdisches Schicksal von ihnen abhängt.

Ein hartes Metier, denn irgendwelche Landsleute von dir haben ein Verbrechen begangen, und du musst dich vor den Polizeiautos verstecken, die sich dem Unternehmen »Albaner-einsammeln« und den TV-Aufnahmewagen, die sich der »Verbreitung von trügerischen Informationen und Hass« verschrieben haben. Die eine Zeitung regt hierzu an: »Macht die Albaner fertig!«, die andere schreibt: »Die Albaner sind der widerlichste Menschenschlag der Welt.«

Ein hartes Metier, denn wenn du eine Wassermelone klaust, reicht *das, um umgebracht zu werden. Und wenn der Mörder freigesprochen wird, ist der »Gerechtigkeit« genüge getan. Du erlebst hautnah mit, dass eine Zivilisation, in der der Mensch im Mittelpunkt steht, für den Fall, dass du das Opfer bist, sehr schnell zu einer Zivilisation wird, in der eine Melone im Mittelpunkt steht. Ein hartes Metier, denn in vielen Fällen schießen Polizeibeamte zur Einschüchterung in die Luft und treffen einen wie dich paradoxerweise mit mathematischer Genauigkeit am Hinterkopf. Danach wird der Polizist freigesprochen, und niemand verbringt schlaflose Nächte deswegen.*

Ein hartes Metier, denn wenn du eine Wohnung mieten willst, musst du mehr schwitzen als jemand, der für den Olympiasieg im Gewichtheben trainiert. Du änderst deinen Namen, achtest auf deine Aussprache, zeigst dein bestes sprachliches Ich. Wenn du das nicht schaffst, wechselst du auch die Nationalität und die Religion. Du wirst Serbe oder Russe, weil du gehört hast, dass die Einheimischen diese Nationalitäten mehr mögen. Im Grunde steckt von allen ein wenig auch in dir und umgekehrt. Ein hartes Metier, denn du bist jung und voller Liebe, aber wenn die einheimischen Mädchen erfahren, dass du Albaner bist, schauen sie plötzlich so drein, als wären sie in einem schlechten Film und sind plötzlich wie vom Erdboden verschwunden.

Ein hartes Metier, denn du wirst zu einem Menschenfresser in moderner Façon erklärt. Mit großem Eifer werden Kameras auf die Verbrechen gerichtet, die du begehst – wenn sie nicht gar vollständig gestellt sind! – aber niemals auf die extreme Ausbeutung, die deinesgleichen manchmal zur Selbstjustiz treibt; niemals auf den Nutzen, den du der heimischen Wirtschaft einbringst; niemals auf den Gewinn, den dein Chef mit dir macht. Daher hört man, dass viel über dich gesprochen wird, niemals aber etwas Positives.

Ein hartes Metier, denn die Einheimischen verachten dich, weil du sie an ihre Vergangenheit erinnerst, als auch sie arm waren und in andere Länder auswanderten.

Ein hartes Metier, denn aller Wahrscheinlichkeit nach wirst du vor lauter Einsamkeit mürrisch und neurotisch werden. Wie einmal ein Dichter gesagt hat, bedeutet Einsamkeit nicht, von zu wenigen Menschen umgeben zu sein, sondern sich mitten unter Menschen zu befinden, die einen nicht verstehen. Aller Wahrscheinlichkeit nach wirst du diesen Menschen, von denen du überzeugt bist, dass sie dich nicht wollen, argwöhnisch und aggressiv gegenübertreten. So rutschst du Tag für Tag ein Stückchen tiefer in den Keller der Gesellschaft, wo es reichlich Dunkelheit gibt und die große Gefahr lauert, dass du dieser Dunkelheit nachgibst.
Hier muss ich aufhören, denn du bist müde und musst schlafen gehen. Morgen wartet wieder ein harter Tag auf dich. Und wenn ich dich manchmal dazu gebracht habe, über dein eigenes Unglück zu lachen, weißt du besser als jeder andere, dass der Humor des Sündenbocks ein Kredit auf Zeit ist, den das Fegefeuer der Hölle gewährt.

23

Zu meinem Glück war in der Buchhandlung ein Kunde zugegen, der Französisch sprach und ein Buch oder eine Karte suchte – was genau war mir nicht klar – und so kamen wir ins Gespräch. Er zeigte mir die Bücher von Gabriel García Márquez und auch eines von Jorge Luis Borges, das ich bereits heimlich in italienischer Übersetzung gelesen hatte. Ich war wirklich wie verzaubert von der Unterhaltung mit meinem Gesprächspartner und fühlte mich so, als befände ich mich irgendwo zwischen der Bibliothek von Alexandria und den Vatikanischen Museen – als ich plötzlich eine Hand in meinem Nacken spürte, und eine rüde Stimme fragte in gebrochenem Albanisch: »*Emri babái?* Vorname des Vaters?«

Alles geschah innerhalb weniger Sekunden. Ich sah den erschrockenen Blick meines Gesprächspartners und den Körper eines Polizisten, der mich mit brutaler Gewalt am Kragen zum Ausgang zog. Ich geriet in große Panik und begann zu weinen und zu schreien und rief meinem Gesprächspartner zu, er solle mir bitte helfen, ich sei unschuldig. Unschuldig in Bezug worauf, das wusste nicht einmal ich, aber wenn ein Polizeibeamter dich grob im Nacken packt und brüllt, gehst du davon aus, dass du wegen irgendetwas beschuldigt wirst. Er schleifte mich also aus dem Laden und brüllte dabei immer noch laut. Da sah ich den Sexjungen auf der Straße liegen und einen anderen Polizisten über ihm, der auf ihn einknüppelte. Ich sah auch einen Polizeiwagen dastehen, den bekannten »Käfig«, zu dem wir dann hingeführt wurden. Solange der französischsprachige Kunde versuchte, sich mit dem Polizisten auf Griechisch zu verständigen, fuhr ich fort zu schreien, während der zweite Polizist seinen Knüppel losgelassen hatte, den Sexjungen hochzog und ihn nun mit Tritten bearbeitete. Kurz darauf wurden wir in den Wagen geschoben. Der Sexjunge saß neben mir. Er stand unter Schock und sagte mit zitternder Stimme: »Ich glaube, sie bringen uns um.« Ich konnte mir immer noch nicht erklären, was geschehen war. Es schien im Schicksal des Sexjungen zu liegen: Wo er hinging, wurden die Leute wütend: der Cafébesitzer, die Polizisten, die Wachleute im Supermarkt, alle. Ich beruhigte mich etwas, als ich langsam das Gelände unserer Lagerhalle auftauchen sah. Soldaten und Polizisten brüllten herum, es musste etwas wirklich Schlimmes geschehen sein. Ich versuchte, Dschamal und die beiden Fahrer zu finden, aber es war sehr schwierig, sich durch die Menschenmenge einen Weg zu bahnen. Die Menschen standen dicht aneinander gedrängt wie die Sardinen in der Büchse. Der Sexjunge verzog das Gesicht vor Schmerzen. Sein Arm war dort vor der Buchhandlung des Westens von dem Polizisten schwer misshandelt worden.

DU RÜHRST AN ERINNERUNGEN

Eine deiner Sünden ist, dass du die Einheimischen an die eigene Vergangenheit erinnerst. Sie hatten gerade angefangen, alles in den Tiefen ihres Gedächtnisses zu begraben: den Schmerz, die Erniedrigung durch die Fremde, das von Sorgen gezeichnete Gesicht, den bäuerlichen Gang, den schweren Geruch nach Schweiß und Knoblauch, die Angst vor Hunger und Armut, jenes unerträgliche vromóxenos *in Griechenland,* dreckiger Ausländer *in Deutschland,* sale race *in Frankreich,* dirty Greeks *in Amerika,* svartskallar *in Schweden und so weiter … Und plötzlich tauchst du auf, und ähnelst einem alten Foto von Leon Pantoti, aufgenommen vor über siebzig Jahren. Von Leon Pantoti hast du sicher noch nicht gehört. Auch er ist Migrant, genau gesagt, er war es.*

Leon Pantoti ist der Name, der ihm in Ellis Island gegeben wurde. Dort kamen alle Einwanderer an, die von der Neuen Welt träumten, und erst einmal die face control *passieren mussten.*

Die meisten Griechen, die in Amerika ankamen, waren Analphabeten. Pantoti jedoch konnte schon ein wenig lesen und schreiben. Und er beherrschte die Kunst des Fotografierens. Er lernte schnell Englisch und eröffnete ein Fotostudio in San Francisco, wo er von 1914 bis 1922 Griechen und Amerikaner fotografierte. Fotos von Kindern, Müttern, Arbeitern und Armen, von Tüchtigen, Ledigen und Frischvermählten. Fotos von Mädchen, die dank einer Ehevermittlung heirateten. Griechische Einwanderer bestellten in ihrer Heimat Bräute, da amerikanische Frauen gewöhnlich unerreichbar waren. Fotos von hübschen ausländischen Mädchen, die ältere einheimische Männer heirateten: Üblicherweise ging es um Geld oder um eine Aufenthaltserlaubnis oder um beides. Auf einer der Fotografien von Pantoti hat die Braut kokett ihr rechtes Bein ausgestellt, be-

müht, den Anschein vom angenehmen Leben zu vermitteln, das sie von nun an erwartet. Doch der weiße Strumpf, den sie trägt, verrät sie: Er ist ihr viel zu groß. Diese Fotografie offenbart alles: Traum, Heuchelei, harte Realität, Komödie. Die Fremde bedeutet all das zusammen.

Die Nachfahren der griechischen Braut mit dem zu großen Strumpf, die heute amerikanische Bürger sind, müssen über diese Pose wahrscheinlich lachen. Wird es deinen Nachfahren nicht ebenso ergehen? Wenn du deinem Kind, das in Griechenland aufgewachsen ist, später mal erzählst, dass du eure Wohnung anfangs mit Stühlen und wackeligen Sesseln aus dem »Supermarkt der Migranten«, also aus den Mülltonnen, möbliert hast, wird es vermutlich zu dir sagen: »Papa, ich schäme mich, dass du ein Bettler warst!«

Letztlich beschreibt die Fremde Zyklen. Und die Blicke in der Fremde ebenso. Die Fremde verfügt nicht nur über einen Blick. Sie hat viele Blicke. Bei der ersten Generation überwiegt dieser neurotische Blick des verwaisten Menschen. Er fragt sich ständig: »Zu welcher Heimat gehöre ich wirklich?« Es folgt der Blick des Migranten, der es geschafft hat und alles im Licht von Stolz und Eitelkeit sieht. Und dann der Blick des Migranten, der es nicht geschafft hat, der Blick des Gescheiterten, aus dem oft Zorn und Groll spricht. Der Blick des Einheimischen, der den Migranten sieht, bleibt gewöhnlich außerhalb der Linse. Zu Beginn ist er voller Mitleid, später wird er erstaunt, dann argwöhnisch und unruhig, da er sieht, dass der Migrant, der gestern noch barfuß lief, ihm immer ähnlicher wird und ihn vielleicht sogar überholen wird.

24

Schließlich holten sie uns aus dem Mannschaftswagen und trieben uns mit Knüppeln in die Lagerhalle. Wir suchten die anderen und fanden mit Mühe die beiden Fahrer. Ich fragte sie, was geschehen war. Sie konnten mir auch keine zuverlässige Auskunft geben: Die einen sagten, dass einige von uns ein Mädchen im Dorf vergewaltigt hatten; andere, dass ein Albaner einen Popen verprügelt und ihm danach den Bart abrasiert hatte, nachdem dieser angefangen hatte, ihn erotisch zu streicheln; andere, dass ein Albaner, ein bekannter Herumtreiber aus Tirana, einem Polizisten Faustschläge verpasst hatte; und noch andere sagten, dass die Wahrheit viel einfacher war. An jenem Tag war Markt in Filiates, und unsere Leute hatten einen Spaziergang gemacht und den Händlern gezeigt, was es bedeutet, Dinge zu erwerben, ohne sie zu bezahlen. Eine Gruppe unserer Leute war in einen kleinen Laden eingefallen und hatte sämtliche Vorräte an Coca-Cola und Bier in und außerhalb des Kühlschranks mitgehen lassen, während der Ladenbesitzer wie eine Statue dastand und zuschaute, wie sein Laden leergeräumt wurde. Es hieß, die Händler standen wegen dieses Vorfalls unter Schock, und das ganze Dorf forderte von der Polizei, die öffentliche Ordnung wieder herzustellen und die Albaner festzusetzen.

Was tatsächlich geschehen war, wusste niemand. Die Lage war jedenfalls so, dass die Polizisten außer sich waren. Sie fluchten, schlugen mit ihren Knüppeln auf den Zaun vor unserem Lager und ließen keinen hinaus. Zur

Strafe bekamen wir kein Essen, weder an dem Tag noch am folgenden. Es herrschte bittere Kälte, Schlaflosigkeit, und jetzt nagte der Hunger an uns. Einige Dorfbewohner versuchten, uns ab und an heimlich Brote durch das Gitter zu werfen, aber sie zogen natürlich auch den Zorn der Polizisten auf sich.

Wir waren an unsere Grenzen gelangt. Außerdem erlaubten sie uns, unsere Notdurft nur neben der Lagerhalle zu verrichten. Wir durften uns keinen Schritt entfernen. Die Lagerhalle verwandelte sich plötzlich in eine Art Gefängnis. In der Nähe der Exkremente befand sich auch der Trinkwasserhahn.

Einige schworen, sie würden umkehren, denn zu Hause wartete wenigstens ein richtiges Bett auf sie. Die meisten aber waren beharrlich: »Wenn man fünfundvierzig Jahre gewartet hat, die Grenze zu überqueren, wäre es doch schade, jetzt umzukehren, oder?« Mitten in diesem Chaos brachte uns der Sexjunge die Nachricht des Tages: Außer dem irren Albaner, der den Polizisten drohte, sie bei seinem *Onkel,* George Bush, anzuzeigen, war als Krönung des Ganzen auch noch ein Stummer hinzugekommen. Ein ganz besonderer Stummer war das, nämlich kein Albaner, sondern ein Grieche. Die Polizisten hatten ihn zusammen mit anderen Albanern aufgelesen und ihn eben für einen Albaner gehalten. Die Masse, also unsere Leute, hatte den Patzer der Polizei begriffen und behandelte den Mann mit besonderer Zuvorkommenheit. Ich weiß nicht, wo zum Teufel sich mitten in dieser Hölle ein Stift und ein weißes Blatt fand, aber so konnte einer aus der Menge, der des Griechischen mächtig war, sich mit dem stummen Griechen verständigen, den die Polizei für einen Albaner hielt. Bald hatten fast alle seinen Namen erfahren. Er hieß Dimitris und war

Bauer. Unglücklicherweise hatte er an diesem Tag seinen Ausweis nicht dabei, und da er nicht sprechen konnte und wegen seines Aussehens zweifelsfrei für einen Albaner gehalten wurde, hatte die Polizei ihn in unsere Lagerhalle gebracht. Einige aus der Menge versuchten, die Polizisten auf ihren Fehler aufmerksam zu machen, aber die wollten an diesem Tag nichts davon wissen; die Vermittler liefen außerdem Gefahr, wenn sie nicht locker ließen, auf der Stelle einen Knüppelhieb einzukassieren. Schließlich gaben sie auf, und so schlief Dimitris in unserer Lagerhalle. Schlief ist gut gesagt – er *nächtigte* bei uns, wie es so schön heißt, denn in Wirklichkeit tat er vor lauter Sorgen die ganze Nacht keine Auge zu.

»*SELBST* DIE ALBANER SIND TEURER GEWORDEN«

*Donnerstagabend, in den Nachrichten. Die Kamera zeigt Felder und Bauern, Griechen und Migranten, irgendwo in Larisa, irgendwo auf Kreta. Die Meldung ist kurz: »Die albanischen Einwanderer fordern höhere Tagelöhne.« Folgender Bildtext begleitet die Nachricht: »*Selbst *die Albaner sind teurer geworden.« Stell sich das einer vor! Stell dir den Journalisten vor, wie er vor dem Computer sitzt und sein Hirn zermartert, um einen reißerischen Slogan zu finden! Und der ist ja geradezu ein Meisterwerk und sein ganzes Geld wert – vor allem dieses »*selbst*«. Mit diesem Bildtext endet auch für den Journalisten ein weiterer harter Arbeitstag. Ja, auch ein Schreiber von Bildtexten muss sich durchs Leben schlagen und wird vielleicht nicht oder nicht ausreichend bezahlt. Und wenn die Wirtschaftskrise sein Land trifft, das sich durch jähen Reichtum so aufgebläht hat, wird er vielleicht der erste sein, der entlassen wird. Vielleicht wird auch er eines Tages zum »Albaner« der Medienindustrie.*

*»*Selbst *die Albaner sind teurer geworden.« So wie man sagt »*Selbst *die Kartoffeln sind teurer geworden.« Es ist dieses winzige »*selbst*« das plötzlich die Kluft zwischen Einheimischen und Migranten riesig werden lässt, zwischen Arbeitgebern und Arbeitnehmern, zwischen denen, die das Recht haben, ihr Leben zu verbessern und den anderen, die dieses Recht nicht haben. Zwischen denen, die früher einmal selbst Einwanderer waren und denen, die es heute sind.*

Der Journalist scheint darüber nicht weiter nachgedacht zu haben. Vielleicht hat er noch nie von der Geschichte seines Landsmannes Louis Tikas gehört oder gelesen.

Louis Tikas war Anfang des 20. Jahrhunderts der Anführer des Streiks der griechischen Bergarbeiter in Colorado, USA. Sein rich-

tiger Name lautete Elias Anastasiou Spantidakis. Er hatte seinen Namen geändert, um die amerikanische Staatsangehörigkeit zu bekommen. Tikas wurde von Mördern, gedungen von seinen Arbeitgebern, hingerichtet. Er hatte dafür gekämpft, dass die griechischen Migranten in ihren Forderungen nach besserer Bezahlung und besseren Arbeitsbedingungen nicht nachgaben.

Ein Teil der örtlichen Presse verspottete die Griechen damals, weil sie, obwohl bis zu jenem Moment die billigsten Arbeitskräfte und von den Arbeitgebern zuweilen als Streikbrecher benutzt, plötzlich beschlossen hatten, ihren Preis hochzusetzen. Die Presse überschüttete sie mit verschiedenen Bezeichnungen: »Neulinge«, »Kaffeehauskellner«, »Streikbrecher«, »Blutsauger«, »Nixversteh'n«. Diese Einwanderer waren junge Leute, in der Mehrzahl Bauern, die am meisten, weit vor dem Verschüttet- und Verstümmeltwerden in den Kohlegruben vor dem Scheitern zitterten. Sie waren ausgewandert, um Geld zu anzusparen, die Sicherheit bei der Arbeit war für sie zweitrangig. Ihre Bildung umfasste eine Handvoll Sprichwörter, um die zwanzig Lieder über Blutrache und über Kriege gegen die Türken, den »Erotokritos«[2] und ein paar Liebeslieder.

Die meisten von ihnen, die nicht in den Bergwerken verunglückt waren, sind in Amerika geblieben. Nur sehr wenige kehrten zurück. Die Nachkommen dieser grobschlächtigen und ungebildeten griechischen Einwanderer aber machten Fortschritte: Sie wurden amerikanische Staatsbürger, Unternehmer, Politiker oder prominente Universitätsprofessoren. Heute graben einige von ihnen ab und an die Geschichten ihrer Vorfahren aus.

*Wer weiß also, ob in achtzig Jahren ein Nachfahre der ungehobelten Einwanderer von heute, aus Albanien oder Indien, nicht das gleiche machen wird? Und vielleicht, wenn er die Geschichte seiner Vorfahren ausgräbt, über diesen Bildtext stolpert: »*Selbst *die Albaner sind teurer geworden«, die er vermutlich auch als Titel für*

2 Titel eines Versromans aus dem 17. Jh., klassisches Meisterwerk

eines seiner Bücher benutzen wird. Die Ironie des Schicksals wird dann sicherlich sein, dass dank dieser Migranten mit ihren von der Sonne und den Entbehrungen zerfurchten Gesichtern vielleicht auch der Journalist in die Geschichte eingehen wird, der diesen reißerischen Slogan formuliert hat: »Selbst *die Albaner sind teurer geworden.*«

25

Am nächsten Morgen wachten wir in der Hoffnung auf, dass sich der Zorn der Polizisten gelegt hätte; doch dem war nicht so. Die Polizisten hatten einen weiteren Stacheldrahtzaun um die Lagerhalle gezogen, so dass ihnen keiner von uns entkommen konnte. Den ganzen Morgen beschäftigte sich die Menge mit dem stummen Griechen, der wie ein Albaner aussah, mit Dimitris. Der hatte etwas auf Griechisch auf ein Blatt Papier geschrieben, und wir versuchten gemeinsam, die Polizei davon zu überzeugen, dass sich doch ein Grieche unter uns befand. Soweit ich unterrichtet war, hatte er auf das Blatt seinen Vor- und Nachnamen, sein Dorf und mit etwas größeren Buchstaben den Satz »Ich bin Grieche« geschrieben. Schließlich dämmerte den Polizisten etwas, wenn es auch ziemlich lange dauerte, bis sie schließlich überzeugt waren, dass das Ganze keine weitere Intrige der Albaner war.

Am Nachmittag kamen ungefähr zehn Polizisten in die Halle. Sie suchten Dimitris, den griechischen Bauern, der wie ein Albaner aussah. Sie fanden ihn problemlos, denn die Leute kapierten sofort, was Sache war, und machten Platz. Die Polizisten packten ihn wie einen Kriminellen an beiden Armen und führten ihn ab. Niemand erfuhr später, was aus Dimitris geworden war. Ich habe den Eindruck, dass das einzige, was von dieser Geschichte blieb, eine doppelte Befriedigung für die Insassen der Lagerhalle war: erstens, was den Fehler der Polizei betraf, und zweitens, die Tatsache, dass ein Grieche als Albaner

hatte durchgehen können, was bedeutete, dass umgekehrt auch ein Albaner als Grieche durchgehen könnte.
Auf jeden Fall war unser großes Problem, dass wir inzwischen schrecklichen Hunger hatten, und als uns klar wurde, dass es auch in der nächsten Zeit nichts zu essen geben würde, stampften wir alle zum Zeichen des Protestes mit den Füßen und skandierten: »Duam bukë«, »Duam bukë«, »Duam bukë«: »Wir wollen Brot!«. Es war tatsächlich eine sehr beeindruckende Szene, alle diese Stimmen zusammen, und wir wiederholten es über zehn Mal. Die ganze Halle bebte von diesen Rhythmen. Außerdem war es, abgesehen davon, dass wir sehr großen Hunger hatten, auch eine Art, unsere Zeit auf *kultivierte* Weise zu verbringen, wie es einer der Fahrer ausdrückte.
Inzwischen war es Abend geworden, und endlich schienen wir erhört zu werden. Zehn Polizisten mit dem Knüppel in der einen Hand und einem großen Sack in der anderen kamen in die Halle. Brüllend befahlen sie uns niederzuknien, und wir gehorchten. Sie öffneten die Säcke, holten Brotlaibe heraus und warfen sie einfach wahllos in die Menge, während sich die hungrigen Menschen wie die Wahnsinnigen um das Brot stritten. Ich sah, wie sich die beiden Fahrer mit Gewalt um denselben Laib Brot rissen, sie, dieselben Kerle, die sich noch bis vor drei Tagen ganz sicher waren, in Deutschland einen guten Job zu kriegen, und zwar auf der Strecke Berlin-Bagdad, mit einem Lohn in astronomischer Höhe.
Die Polizisten gingen weg, während drinnen eine regelrechte Schlacht um das Brot ausbrach. Unter anderem hatte ein kräftiger Typ aus unbekannten Gründen den *Neffen* von Bush an der Gurgel gepackt und hätte ihn sicher fertig gemacht, wenn nicht etwas besonnenere

Menschen ihn von ihm losgeeist hätten. Glücklicherweise kehrte bald wieder Ordnung ein.
Da spürte ich eine Berührung an meinem Rücken. Es waren die beiden Fahrer, die mir voller Freude ihre unter dem Anorak versteckte Beute zeigten: drei Brote. So bekam auch ich etwas zu essen, obwohl ich mich nicht am Kampf ums Brot beteiligt hatte. Die Stimmung der Menge wogte allerdings wie ein Schiff, das in einen fürchterlichen Sturm geraten war und nun ohne Kapitän den wilden Wellen ausgesetzt war.
Eine halbe Stunde später, nachdem die Menge ihren Hunger gestillt hatte, erklang plötzlich ein Liebeslied. Eine Gruppe im hinteren Teil der Halle begann zu singen, und dann breiteten sich die Klänge im ganzen Raum aus wie eine obligatorische Parole. Aus dem »Wir wollen Brot« wurde nun »Oh Nachtigall des Frühlings«: »Ore bilbil ç'ta kam bërë benë / vetëm mos të gjeça mor i pabesë folenë / do të marrë dhe do të hedh në lumë / se na i le çupat more çapkën pa gjumë / hidhesh e përdridhesh porsi gjarpri / si t'ja bëj unë i varfëri.[3]« »Alle machten mit, und wer die Worte nicht kannte, sang einfach »La la la«. Nur dass die Menge das liebliche Liebeslied in diesem Augenblick in einem aggressiven Ton sang, als ob es sich um einen Kriegsmarsch handelte. Vielleicht ähneln Liebeslieder, wenn sie von Hungrigen gesungen werden, tatsächlich Kriegsliedern, schoss mir in dem Moment durch den Kopf.
Sicher dachte die Polizei, dass die Albaner langsam alle verrückt wurden, da sie jetzt auch Kriegslieder sangen.

3 Oh Nachtigall des Frühlings, einen Eid habe ich geschworen/ dein Nest zu finden, du Schurkin/ dich zu schnappen, dich in den Fluss zu werfen/ dich dort zu ertränken, weil du uns die Mädchen schlaflos zurückgelassen hast/ du Kokette/ wie eine Schlange reibst und windest du dich/ ach, was soll ich nur tun, ich Ärmster!

Ich wollte meine Gedanken mit einem der Fahrer teilen, aber der war völlig in der Stimmung des Liedes aufgegangen, und ich konnte im Dämmerlicht eine Träne seine Wange hinabrollen sehen.

DER SÜNDENBOCK DER ARMEN

Die Reichen haben normalerweise kein Problem mit dir. Gefürchtet wirst du eher von Menschen, die sehr viel fernsehen und wenig lesen, die ihre Kinder auf die gleiche Schule schicken wie du, die in der gleichen Gegend wohnen wie du, die schon in aller Herrgottsfrühe in der gleichen Schlange bei der Krankenkasse stehen wie du. Das sind die, die fürchten, eventuell auf das Niveau der Albaner *zurückfallen zu können, die sich fanatisch an nationalen oder irgendwelchen anderen Merkmalen festklammern, weil sie wollen, dass dieser gesegnete Unterschied zwischen den Höhergestellten und denen da unten nicht verschwindet. Das ist der einzige Unterschied, der sie glauben lässt, dass sie sich nicht ganz am untersten Rand der Gesellschaft befinden. Es gibt nichts Schlimmeres als die Abscheu der armen Teufel vor anderen armen Teufeln.*

Politiker, die nach einem von Migranten befreiten Land schreien, Angst und Hass verkaufen und die Illusion verbreiten, dass sie so die Probleme ihres Lebens lösen, werden um die Stimmen genau dieser Menschen buhlen. Sie werden behaupten, dass sie von goldenen Löffeln essen können, wenn du nur verschwändest, dass sie Arbeit und Wohlstand hätten, ihre Kinder nicht den Drogen verfallen würden und sie ihre Fenster offenlassen könnten, wenn es dich nicht gäbe. Und so, mit der Aussicht auf offene Fenster, verschanzen sich die Armen hinter ihren simplen Lösungen, hinter Groll und Fremdenfeindlichkeit. Das Spiel ist seit Jahrhunderten immer dasselbe: Die Reichen stellen rassistische Theorien auf, die Armen setzen sie in die Praxis um, indem sie andere Arme bekämpfen, und so werden die Armen noch ärmer und die Reichen noch reicher.

26

Da der Zustand, der in unserer Lagerhalle herrschte, als schmachvoll und unerträglich galt, organisierten ein paar von uns eine Generalversammlung. Eine selbsternannte Kommission begann die Bilanz der letzten Tage zu ziehen. »Sie behandeln uns wie Tiere«, ereiferte sich jemand, »obwohl die EU Milliarden Euro für uns zur Verfügung gestellt hat.« Die Versammlung brach in Applaus aus. Einer der Fahrer, der neben mir stand, flüsterte mir ins Ohr: »Jetzt sind wir zu ganzen Kerlen geworden, nachdem wir fünfzig Jahre der Partei applaudiert haben.« Ich kommentierte seine Worte nicht und lächelte nur. Stumm beobachtete ich die Szene, die dem absurden Theater entsprungen zu sein schien. Nach der ersten Rede erreichte die kämpferische Stimmung ihren Höhepunkt, und es wurde beschlossen, einen Beschwerdebrief an die UNO zu senden. Alle waren überzeugt davon, dass die UNO nichts anderes zu tun hätte, als über das schreckliche Schicksal der Albaner in Griechenland zu diskutieren. Ebenfalls waren alle überzeugt, dass wir umgehend finanzielle Unterstützung erhielten, sobald unser Brief bei der UNO eingetroffen wäre. Unsere Qualen wären damit ein für alle Mal zu Ende. Aus anfänglicher Freude wurde Enthusiasmus. Aus Enthusiasmus Delirium. Alle stimmten zu und forderten, dass der Beschwerdebrief auf der Stelle zu schreiben und abzuschicken war.

Das Problem war einzig, es gab zwar einen Stift, aber kein Papier mehr, das letzte war für Dimitris verwendet worden (den von der Polizei festgenommenen und für einen Albaner gehaltenen griechischen Bauern). Das viel gravierendere Problem war jedoch, dass wir weder die Adresse der UNO wussten, noch wo das Postamt von Filiates war. Abgesehen davon würde die Polizei uns ohnehin nicht dorthin gehen lassen. Über die Sprache, in der der Brief zu verfassen wäre, wurde überhaupt nicht gesprochen. So verging auch der dritte Abend in unserer Lagerhalle, mit einem imaginären Beschwerdebrief an die UNO.

DIE BLEIBENEUROSE

Du hast immer gesagt: »Sobald ich genug Geld zusammen habe, gehe ich zurück in meine Heimat.« Mittlerweile sind viele Jahre vergangen, und du sagst immer noch dasselbe. Du hast immer gesagt: »Ich werde in ein anderes Land gehen, wo ich angemessen bezahlt werde und wo ich besser leben kann.« Du bist hier geblieben. Tatsächlich ist dir der Gedanke wegzugehen, zur zweiten Natur geworden. Du befindest dich gedanklich immer irgendwo zwischen ewiger Flucht und ewiger Rückkehr. Du bist, wie immer, ein Typ voller Widersprüche, der das Unvereinbare miteinander vereinbaren will. So läuft das Spiel in der Fremde. Es ist unbarmherzig, es ist etwas nur für starke Nerven, für sehr starke Nerven. Das wissen alle, die sich einmal im Treibsand der Fremde fortbewegt haben. So entsteht die Bleibeneurose. An einem Tag sagst du: »Ich gehe zurück, das ist ja nicht auszuhalten hier in der Fremde«. Am nächsten Tag sagst du: »Ich bleib noch ein bisschen, ich spare erst noch etwas Geld«, und am dritten erinnerst du dich an deinen ursprünglichen Eid: »Ich muss es hier schaffen!«

Obwohl du gewöhnlich dort bleibst, wohin du ursprünglich eingewandert bist, wirst du auf ewig ein Flüchtling sein. In einem solchen Maße, dass ich mich frage, ob all das vielleicht eine unbewusste Strategie ist, vielleicht ist es nichts anderes als eine Art Lifestyle derjenigen, die unter dem Grenzsyndrom leiden. Vielleicht ist es auch nichts anderes als eine Art der Selbstverteidigung, da du niemals weißt, ob du es schaffen und ob du hier, wo du hinkommen wolltest, Fuß fassen wirst. Darum hältst du dir diese beiden miteinander unvereinbaren Ziele warm: Bleiben und Rückkehr. Und es ist für dich wie ein Notausgang aus der Unsicherheit und der Angst, dass du hier vielleicht nie Fuß fassen wirst.

Sehr wahrscheinlich gehst du nirgendwohin. Deine Chancen zurückzukehren, sind sehr gering, und im Grunde weißt du das auch. Denn jetzt wird dir bewusst, dass du deiner alten Heimat fremder geworden bist als deiner neuen.
Der Migrant ähnelt einem Baum, dessen Zweige sich nach dem Land ausstrecken, aus dem er gekommen ist, während sich seine Wurzeln immer tiefer in das Land graben, in dem er nun lebt. Wenn du schließlich einer der wenigen sein wirst, die in ihre Heimat zurückkehren, dann wirst du dem alten Migranten in Ignazio Silones Roman »Brot und Wein« ähneln, den sie im Dorf »Sciatap« nannten. Shut up *war offensichtlich der einzige Ausdruck, den er in der Fremde wirklich gelernt hatte: Halt den Mund!*

27

Mittlerweile war es unmöglich geworden, nachts zu schlafen. Es gab keinen Platz. Die Größten und Stärksten unter uns besetzten die Stücke aus Schaumgummi, die als Betten fungierten und schwarz vor Dreck geworden waren. Wir Schwächeren warteten bis zum Morgen, bis die Stärkeren die Schlafplätze freigaben. Der Hunger hatte mittlerweile ganze Arbeit geleistet, und ich fühlte mich sehr schwach. Ich sah mir die beiden Fahrer an: Sie hatten endgültig ihren Enthusiasmus und auch ihre Hoffnungen verloren. Ich ging zu ihnen hin und hörte, dass ein angestrengter Wortwechsel im Gange war. Der eine beschuldigte den anderen, dass es seine Idee gewesen war, die Grenze zu überqueren. »Weißt Du, wieviel der Lastwagen kostet, den wir zurückgelassen haben? Ich hatte die Verantwortung dafür. Wenn die Kosten mir angelastet werden, werde ich ein Leben lang schuften müssen, um ihn abzubezahlen!«, sagte der Fahrer zornig zum Beifahrer. Jetzt waren es nicht mehr die beiden Fahrer, sondern wieder Fahrer und Beifahrer. Der Beifahrer verstummte. Aber nur kurz. »Ich habe dich drei Mal gefragt, ob du Arsch genug in der Hose hast, um abzuhauen, und du hast ja gesagt«, entgegnete er. Jetzt war es am Fahrer zu verstummen.

Ich fragte sie, ob sie Dschamal gesehen hätten.»Dschamal ist aus dem Camp geflüchtet«, antworteten sie. Das Flüchtlingszentrum nannten wir seit zwei Tagen Camp. Wie, mit wem und in welche Richtung Dschamal gegangen war, wussten sie nicht. Sie wussten nur, dass er auf-

gebrochen war, vielleicht nach Athen, vielleicht hatte er aber auch Arbeit in Igoumenitsa in irgendeiner Werkstatt gefunden, aber wie, das konnten sie nicht erklären. Der Sexjunge behauptete, er sei mit irgendwelchen merkwürdigen Typen nach Athen gegangen, und zwar nicht mit guten Absichten. Zu uns hatte Dschamal nichts gesagt, und tatsächlich hatte er sich seit dem Streit mit dem einen Fahrer uns gegenüber distanziert verhalten und die Gesellschaft anderer Leute in der Lagerhalle gesucht. Der Sexjunge, der eine Art 007 unserer Clique war, verriet uns, dass er ihn in den letzten Tagen mit einigen Typen gesehen hatte, die mit Messern, der eine gar mit einer Pistole bewaffnet waren. Wir machten alle große Augen, weil wir nichts dergleichen bemerkt hatten. Nach den vom Sexjungen zusammengetragenen Informationen hatten diese Typen begonnen, das Kommando in unserer Lagerhalle zu übernehmen und sagten, dass sie jedem, der wollte, zur Flucht verhelfen konnten, aber gegen Bezahlung, entweder in Lek oder in Dollar oder in Drachmen. Die Währung spiele keine große Rolle, Hauptsache: Geld. Nach Informationen des Sexjungen hatten sie gestern Abend jemanden zusammengeschlagen, der ihnen die Meinung gesagt und sie beschimpft hatte. Mit solchen Typen war Dschamal aus dem Camp abgehauen. »Merkt euch, dieser Mensch würde sogar seine Schwester für Geld verkaufen. Er ist nicht zum Arbeiten hergekommen, sondern um Beute zu machen«, sagte der Fahrer, der mit ihm gestritten hatte.
Gegen Ende des Tages bekamen wir unerwarteten Besuch von einem älteren Popen. Zusammen mit ihm kam auch ein Dolmetscher in die Lagerhalle. Wir versammelten uns alle um die beiden. Der Pope sagte, dass am nächsten Morgen Busse kämen, die uns nacheinander abhol-

ten und in verschiedene Teile Griechenlands brächten, wo Wohnung und Arbeit auf uns warteten. Die Freude, die darauf in der Menschenmenge ausbrach, war unbeschreiblich. Einige freuten sich so sehr, dass sie den Popen hochhoben und in die Luft warfen, wie es Fußballprofis mit ihrem Trainer machen, wenn sie einen Pokal gewinnen. Sie begleiteten das mit rhythmischen Schreien: »Pápou! Pápou! Pápou!«[4] Vor lauter Freude und Hochrufen vergaßen sie, dass der Mann schon etwas älter war und in diesem Gedränge Schaden erleiden könnte. Fünf oder sechs Polizisten stürmten herbei, schlugen mit Knüppeln eine Schneise, befreiten den Priester aus den Händen der gefährlichen Fans und trugen ihn hinaus. Er wirkte wie Jesus auf seinem Gang nach Golgatha. In Wirklichkeit war er eher ein Judas als ein Christus, denn er hatte uns eine kleine Lüge aufgetischt. Die Busse würden zwar kommen, unsere Namen würden aufgerufen werden, wir würden auch der Reihe nach einsteigen. Aber nicht, um in verschiedene Teile Griechenlands, wo Wohnung und Arbeit auf uns warteten, sondern zurück nach Albanien gebracht zu werden. All das erfuhren wir aber erst später.

4 Hier handelt es sich um eine Wortähnlichkeit zwischen dem albanischen »Papu«, also Priester, und dem griechischen Παππούς, was Opa bedeutet, mit Akzent allerdings auf der zweiten Silbe. Die Migranten skandieren also »Pápou, Pápou, Pápou«, was der gefeierte Pope aber auch als Opa missverstehen kann.

DEIN KIND SPRICHT NICHT GEBROCHEN GRIECHISCH

Die Fremde ist ein Netz, das sich, ohne dass du es merkst, fest um dich legt. Sie ist Zyklop und Ithaka, Kalypso und Penelope, Skylla und Charybdis in einem. Du lernst die Sprache und die Sitten der Einheimischen, ohne dass du merkst, wie es geschieht. Du veränderst dich, obwohl du es nicht vorhattest. Du lernst, deinen Kaffee anders zu trinken. Die Sicht deines Vaters auf die Welt wird brüchig. Unbekannte Wege werden zu einem Teil deiner alltäglichen Geografie. Die Einheimischen loben dich manchmal dafür, dass du ihre Sprache so gut sprichst. Manchmal bist du drauf und dran zu sagen: »Ich habe das nicht für euch, sondern für mich selbst getan!« Aber du sagst es nicht.

Langsam beginnst du dieses Land zu mögen. Es gibt Momente, in denen du es liebst, ohne zu begreifen, wie das geschehen konnte. Es gibt aber auch Momente, in denen du ihm böse bist. Jedes Mal, wenn du daran erinnert wirst, dass du fremd bist, jedes Mal, wenn du daran erinnert wirst, dass du anders bist. Jedes Mal, wenn man sich weigert, dir eine Wohnung zu vermieten. Mittlerweile hast du deine Arbeit und deine Freunde hier, und vor allem wächst dein Kind hier auf und fühlt sich wie ein Einheimischer.

Es hat keine Angst, dass sein Akzent es womöglich verraten könnte. Probleme dieser Art hat dein Kind nicht, weil es nicht gebrochen Griechisch spricht, so wie du. Wenn seine Sprachkenntnisse gelobt werden, kann es darüber lachen. Es versteckt sich nicht, wie du es getan hast; es spricht laut, es schreit und möchte sich zeigen. Es erträgt Beleidigungen nicht mit diesem ständigen Groll, wie du sie ertragen hast. Dein Kind ist nicht wie du. Du hast deine Wunden geleckt wie ein geprügelter Hund, wenn du abgelehnt wurdest. Du warst ein Fremder und hast dich fremd gefühlt. Dein Kind fühlt sich nicht fremd. Wenn es abgelehnt wird, reagiert es nicht wie ein geprügelter Hund, sondern wie ein verletztes wildes Tier. Du stelltest dich deiner Bleibeneurose, indem du zu dir sagtest: »Eines Tages gehe ich zurück in die Heimat.« Für dein Kind aber gibt es keine andere Heimat. Seine Heimat ist hier, und es kann sie nur lieben oder hassen, eine andere Wahl hat es nicht. Was es zu verlieren und zu gewinnen hat, wird es hier verlieren und gewinnen, hier an diesem Ort, wohin du es gebracht hast.

28

Am übernächsten Tag erlaubten uns die Polizisten, auf den Stacheldraht umzäunten Fußballplatz zu gehen. Voller Stolz ihre Knüppel durch die Luft schwingend befahlen sie, uns auf die Stufen des Geländes zu setzen und zu warten, bis wir aufgerufen würden. Wer seinen Namen hörte, sollte in den Bus steigen, der einen zu seinem Ziel brachte: Wohnung und Arbeit. Deshalb machten die Flüchtlinge, die ihren Namen hörten, sofort das Siegeszeichen. Wir anderen beneideten sie und warteten voller Ungeduld, dass aus dem Megafon auch unsere Namen zu hören sein würden. An diesem Tag füllten sie auf diese Weise zwei oder drei Busse. Die nicht Aufgerufenen kehrten enttäuscht in die Lagerhalle zurück, mit hängendem Kopf und noch müder als zuvor. Das geheimnisvolle Strahlen, das für einige Stunden auf ihren Gesichtern lag, war erloschen. Die Gesichter waren wieder mürrisch und müde.

An jenem Abend verteilten zehn Polizisten wie gehabt das Brot: Sie warfen es wahllos in die Menge. Jetzt waren wir aber weniger geworden, und beim Kampf ums Brot gab es nun vereinzelte Anzeichen von Fair Play: Hier und da erklang schon mal ein: »Entschuldige, Bruder, dass ich dich gestoßen habe.« Die Fahrer waren mittlerweile außer sich, dass ihr Name nicht aufgerufen worden war. Ihr Zorn verstärkte sich, als sie erfuhren, dass der Sexjunge es geschafft hatte. Sie stellten sich vor, dass er jetzt in einem warmen Zimmer lebte, vielleicht sogar in einem mit Dusche! »Aber dass einer Glück hat, der nicht weiß, was die Welt bedeutet, während wir, die wir in der Hauptstadt aufwuchsen, hierbleiben sollen?!«, wunderte sich der eine Fahrer, der vergessen hatte, dass auch ich nicht in der Hauptstadt aufgewachsen war. Ich sagte kein Wort. Sie sagten auch nichts weiter, da sie den Grund meines Schweigens vermutlich kannten. Da erinnerte ich mich, dass der Sexjunge, bevor er gegangen war, uns umarmt und gesagt hatte, dass er, sobald er sich eingerichtet hätte, auch etwas für uns tun würde. Er hatte Tränen in den Augen, und zum ersten Mal konnte ich erkennen, dass in seinem Blick außer Traurigkeit auch so etwas wie Freude und Hoffnung schimmerte. Jeder hing eine Weile seinen eigenen Gedanken nach. Dann erzählte der Fahrer die lustigste und zugleich traurigste Geschichte, die ich bis heute in meinem Leben gehört habe: Die Geschichte seiner Cousine und ihrer Familie, die wegen eines Furzes verbannt worden waren. Ja, diese Geschichte war unglaublich. Unser Genosse Enver war gerade gestorben, und das ganze Volk war verpflichtet, dem Ewigen Führer an seinem Grab die letzte Ehre zu erweisen. So also fuhr auch die Cousine des Fahrers zusammen mit ihrem Kollektiv hin, denn sie arbeitete in einer von den Chinesen errichteten Fabrik. Wenn sie auch an dem Tag erkältet war – sie musste trotzdem mit, sie konnte ja schlecht sagen, sie geht nicht hin: Fast ganz Albanien war nach Tirana verfrachtet worden; die Menschen hängten sich sogar an chinesische Züge, um diese Fahrt zu machen. Angesichts der Pflicht und dem Pathos, dem Ewigen Führer an dessen Grab Tribut zu zollen, war eine Erkältung nichts weiter als eine bourgeoise Schwäche. Und die Cousine des Fahrers wusste nur allzu gut, dass sie eine solche Schwäche besser nicht zeigte, besonders nicht an Tagen wie diesen.

Nachdem sie stundenlang in der Schlange wartend endlich an der Reihe war, kniete sie nieder, wie alle anderen, um zu weinen, zu seufzen und den Marmor zu küssen, der das Grab des Großen Führers bedeckte. Aber als sie versuchte, den üblichen Seufzer auszustoßen, entfuhr ihr ein Furz, der zu ihrem Unglück so laut war, dass ihn der Nächste und der Übernächste in der Schlange hinter ihr hören konnten, und das waren Mitglieder ihres Kollektivs.

Als alles vorüber war, gingen die beiden zum Sekretär der Parteizentrale und brachten die Angelegenheit vor. Der Parteisekretär ließ unverzüglich eine Generalversammlung einberufen, zu der die arme Cousine des Beifahrers geladen wurde, um zu beweisen, dass ihr Furz keine hinterhältige, feindliche Bedeutung gehabt hatte. Der Parteisekretär war allerdings fuchsteufelswild und fest davon überzeugt, dass der Feind alle möglichen Methoden einsetzte, um das Andenken an den Ewigen Führer zu beleidigen.

Doch er ließ es nicht dabei bewenden. Er durchforschte ihren Lebenslauf und fand heraus, dass der Großvater des Ehemannes der Cousine 1948 von der Partei verurteilt und hingerichtet worden war, als eingeschworener Feind des albanischen Volkes und der Partei.

Und das besiegelte ihr Schicksal. Wie sollte die Cousine des Fahrers denn nun beweisen, dass ihr Furz vor dem Grab des Ewigen Führers nicht mit der Hinrichtung des Großvaters ihres Mannes zusammenhing? Das war nicht zu beweisen! Außerdem ließ die Partei immer und immer verlauten: »Das Wasser schläft vielleicht, aber der Feind schläft nie!« Also verlor die Cousine ihre Arbeit und wurde in ein Dorf verbannt, um bei der Feldarbeit zu lernen, was wahre Liebe zum Ewigen Führer ist.

Und so, mit der Geschichte vom Furz, verging auch die fünfte Nacht in unserer Lagerhalle. Oder war es schon die sechste? Ich hatte mittlerweile den Überblick verloren. Glücklicherweise gab es nun freie Plätze zum Schlafen. Ich aß ein Stück von meinem Brot und schlief wie ein Toter.

WENN DER MIGRANT KEIN MITLEID MEHR ERWECKT

Du verstehst dein Kind oft nicht mehr. Und es versteht dich nicht. Es versteht deine Sehnsucht nach deinem Heimatland nicht. Deine Heimat ist deinem Kind nur noch aus Erzählungen bekannt. Es empfindet keine Schuldgefühle und Gewissensbisse so wie du zuweilen, weil du die Heimat verlassen hat. Seine Heimat ist hier. Wenn es seine Herkunft als Stigma erlebt, wird es möglicherweise ein neurotisches Geschöpf werden, unfähig, sich selbst zu lieben, unfähig, irgendeine Heimat zu lieben.
Manchmal schämt sich dein Kind für dein gebrochenes Griechisch, für deine grobe Art zu gehen, für deine Art dich zu kleiden, und für vieles andere mehr. Es ist nicht so wie du, ein Pfennigfuchser, der unaufhörlich Geld spart und hofft, irgendwann einmal in die Heimat zurückzukehren. Es möchte sich wie die Einheimischen kleiden, wie die Einheimischen leben, wie die Einheimischen vorankommen, wie die Einheimischen schöne glatte Hände haben, wie die Einheimischen Karriere machen. Für die schweren Arbeiten, die die Einheimischen nicht machen wollen, sind nun die Migranten zuständig, die gerade erst angekommen sind.
Dein Kind fühlt sich hier ganz zu Hause. Daher verlangt es nicht, geliebt zu werden. Es weiß, dass Liebe in dieser Welt nicht im Übermaß verteilt wird. Es will das bekommen, was ihm zusteht, als gleichwertig angesehen und nicht nach seiner Herkunft, sondern danach beurteilt werden, was es wert ist. Es möchte dieses Land zu seinem machen. Es hat nur dieses eine Land, das es lieben kann, und wenn dieses Land dein Kind ablehnt, dann wird dein Kind das Land ebenfalls ablehnen, es wird ohne Zugehörigkeit bleiben, aber in einem viel schlimmeren Maße als du. Es wird zu einem heimatlosen Wesen werden, das nach einer anderen Identität

verlangt: nicht nach einer, die von Sehnsucht geprägt ist, sondern von einer Art Ghettodasein.
Dein Kind verlangt nicht, geliebt zu werden, und vor allem will es nicht bemitleidet werden. Es verabscheut das Spiel mit dem Mitleid, das du immer wieder gespielt hast, um zu überleben. Natürlich hat es viel mehr Freunde als du, besonders auf Facebook, und es wird immer mehr als einer von ihnen akzeptiert.
Die Anderen aber fürchten dein Kind mehr als dich. Hauptsächlich deswegen, weil es kein Mitleid mehr erregt. Wenn die anderen keine Spuren von Elend und Unglück in seinem Gesicht mehr erkennen, dann erst stellt sich das echte Problem: Wenn es nämlich aufhört, bemitleidenswert und eben anders zu sein und es sich langsam so selbstverständlich verhält, als wäre es hier zu Hause.
Das eigentliche Problem des Migranten beginnt dann, wenn er Gleichheit einfordert. Dein Kind wird oft verurteilt, aber nicht, weil es sich wie ein Fremder verhält, sondern weil es so spricht wie ein Einheimischer und Forderungen stellt wie ein Einheimischer. Nicht, weil es anders ist, sondern, weil es nicht mehr anders ist. Weil es inzwischen einem Einheimischen gleicht. Der Migrant, liebe Leserinnen und Leser, wird toleriert, so lange er Beiwerk und zu Gast ist, aber gefürchtet und beschimpft, wenn er einem Mitbewohner ähnelt.

29

Ich musste um Mittag herum aufgewacht sein. Der Fahrer hatte mich geweckt. Merkwürdigerweise brachten uns an jenem Tag die Polizisten nicht auf die Stufen des Fußballplatzes und verlasen keine Liste. »Irgendetwas ist im Gange«, sagte der Beifahrer, »heute sind sie ja gar nicht aggressiv.« Wir gingen hinaus, und tatsächlich braute sich irgendetwas zusammen. Wir wussten nur nicht, was. Die Polizisten zogen keine zornigen Gesichter, und auch die Knüppel, die sie in den vergangenen Tagen bei jeder Gelegenheit vorgeführt hatten, hatten sie weggesteckt. Dass etwas Ernstes im Gange war, von dem wir noch nicht genau wussten, was es war, bezeugte auch die Tatsache, dass das schmutzige Gelände rings um unsere Halle gereinigt worden war. Und darüber hinaus wurde uns in ziemlich ruhigem Ton gesagt, wir sollten uns anstellen, denn wir bekämen ein richtiges Mittagessen: Ein halbes Brot für jeden und Käse.

Nach und nach wurden verschiedene Vermutungen geäußert. Anfänglich hörte man, dass die Polizei nach unserem Beschwerdebrief an die UNO ihre Meinung geändert hätte. Das war zwar ein wenig unwahrscheinlich, denn ein solcher Brief an die UNO war aus den bekannten Gründen niemals geschrieben und noch weniger abgeschickt worden: Wir hatten zwar einen Stift gehabt, aber kein Papier, und wir wussten weder die Adresse der UNO noch, wo sich das Postamt befand. Danach kam uns zu Ohren, dass der amerikanische Botschafter kommen sollte. Einige andere bestritten das und sagten, dass nicht

der amerikanische, sondern der englische Botschafter käme. Gegen zwei Uhr nachmittags gab es eine relativ einhellige *öffentliche Meinung* seitens der Insassen der Lagerhalle: Es kämen alle beide, sowohl der amerikanische als auch der englische Botschafter.
Gegen vier Uhr aber verbreitete sich eine andere gewichtige Nachricht: Es käme ein hoher General der NATO, der unter den Anwesenden Kämpfer für den Irak-Krieg rekrutieren würde. Der angebliche Neffe von Bush hatte dem Ganzen schon eine militärische Ausrichtung verpasst und schrie immer wieder »Kompanie Marsch!« Diese Parole war vermutlich aus einem Film geklaut, den er im italienischen Fernsehen gesehen hatte. Die Nachricht, dass wir zum Krieg in den Irak eingezogen würden, sorgte jedenfalls für großen Aufruhr und erregte insbesondere den Zorn sowohl des Fahrers als auch des Beifahrers. Sie sagten, dass sie in den Westen gekommen seien, um zu arbeiten und nicht um Soldaten zu werden. Um fünf Uhr kursierten alle obengenannten Gerüchte mit der gleichen Stimmenanzahl seitens der sie unterstützenden Anhänger: Keines war mehr führend.
Am Vortag hatte ich mich dort auf dem Fußballgelände mit einem Polizisten auf Englisch unterhalten. Ich konnte zwar nicht gut Englisch – ich war beim zweiten Band von »Essential«, dem seinerzeit bekanntesten Englischlehrbuch in Albanien, stehen geblieben – aber der Polizist konnte noch weniger Englisch als ich. Er hieß Pavlos und schien anders als die übrigen Polizisten zu sein, denn er schrie nicht, schwang nicht dauernd seinen Knüppel, und er war einer der wenigen, wahrscheinlich der einzige, der lächelte. Wir hatten uns über verschiedene Themen unterhalten: Wo ich herkam, was ich in Albanien studiert hatte und so weiter. Er erzählte mir, dass er aus Sparta

sei, und ich sagte, dass ich über den Peleponnesischen Krieg in der Antike, dem zwischen Sparta und Athen gelesen hätte, über Thukydides und seine Geschichten, die Akropolis und die Herrschaft der Dreißig.

An jenem Tag, als sie uns erlaubt hatten, hinaus auf den Sportplatz zu gehen und zu genießen, was von der Wintersonne noch übrig war, sah ich ihn wieder. Um genau zu sein, er sah mich und machte mir ein Zeichen, ich sollte zu ihm kommen. Wir setzten unsere Unterhaltung vom vorigen Tag fort. Diesmal fragte er mich konkreter, warum ich nach Griechenland gekommen war, ob ich hier eine Arbeit finden wollte. Ich antwortete, ja, ich wollte eine Arbeit finden und danach die Universität besuchen, um Geschichte oder Philosophie zu studieren. Und als ich ein bisschen in Fahrt gekommen war, erzählte ich ihm auch, dass ich Französisch und Italienisch sprach. Er war augenscheinlich recht beeindruckt und bedeutete mir, mitzukommen. Wir gingen ein Stück und gelangten zu einer Gruppe Polizisten, in deren Mitte jemand saß, der einen höheren Dienstgrad als die anderen hatte. Das merkte man hauptsächlich an der Art und Weise, mit der die anderen das Wort an ihn richteten.

Pavlos sagte etwas zu dem bedeutenden Polizisten und zeigte in meine Richtung. Die anderen hörten schweigend zu. Während er sprach – seine Worte verstand ich natürlich nicht – spürte ich ein paar ironische Blicke auf mich gerichtet. Nachdem Pavlos zu Ende gesprochen hatte, herrschte noch ein paar Sekunden lang Schweigen. Dann ließ der bedeutende Polizist seine Antwort verlauten. In seinem Gesichtsausdruck mischten sich Überdruss und Zynismus. Er sagte nicht viel. Nur einen kurzen Satz. Aber der reichte, um bei den anderen ein Gelächter hervorzurufen. Die ironischen Blicke der Polizisten in meine

Richtung vervielfachten sich. Pavlos schwieg. Ich sah, wie er rot wurde. Ich hatte den Inhalt zwar nicht verstehen können, aber begriffen, dass der Offizier ihn abgekanzelt hatte. Pavlos hatte etwas über mich gesagt, etwas Positives, und dafür die abfälligen Bemerkungen des höheren Polizeibeamten und das ironische Lachen der übrigen Polizisten kassiert. Ich fühlte, dass auch ich rot geworden war, als hätte ich mich bei Pavlos angesteckt. Er nickte mir zu und bedeutete: »Lass uns zurückgehen«, und ich folgte ihm. Auf dem Rückweg erklärte er mir, dass er kein Polizist so wie die hiesigen Kollegen wäre, sondern bald am Flughafen arbeiten würde, als ob er mir sagen wollte, dass die Polizisten am Flughafen anders wären als die hier. Ich musste dann mit den anderen hineingehen. Pavlos gab mir zum Abschied die Hand und sagte: *»Good luck!«*

DAS GEDÄCHTNIS DES MIGRANTEN

Der Migrant ist dazu verurteilt, mit seiner Erinnerung, mit seiner Vergangenheit in Verbindung zu bleiben. Um genauer zu sein, er ist dazu verurteilt, sich damit auseinanderzusetzen. Einige, viele, sehr viele wählen *das Vergessen als Überlebensstrategie oder als unausweichliche Folge der Fremde und der Distanz. Wenn der Migrant seine Vergangenheit ablädt, fühlt er sich leichter auf seinem schwierigen Weg, auf dem er sowieso oft, im übertragenen oder vielfach auch im wörtlichen Sinn, ein Lastenträger ist. Außerdem führt die Fremde oft in die Loslösung vom früheren Ich. Jetzt hat man die Gelegenheit zu verschwinden, die Rechnungen mit seiner Herkunft zu begleichen, von Anfang an ein neues Ich aufzubauen, ein neues Leben: Alles beginnt nunmehr bei null. Einigen gelingt es, anderen nicht. Und dann, wenn die Verdrängung misslingt, nimmt die Erinnerung Rache und wird umso schneidender und zynischer lebendig, durchbricht alle Schranken und füllt die Seele mit Schreien, die die Wörter zunichtemachen, und mit anderen Wörtern, die einen zum Stottern bringen, mit Gespenstern und Schatten, die nachts in den Alpträumen herumgeistern und sich tagsüber in Neurosen zeigen. Wenn man den vollständigen Bruch mit der Vergangenheit wählt, hat man nur zwei Möglichkeiten: Sie entweder für immer in den Tiefen des Vergessens zu begraben oder, wenn man das nicht schafft, sich in deren verzerrtes Abbild zu begeben.*

Einige andere entscheiden sich für das genaue Gegenteil: Sie richten sich dauerhaft in ihren Erinnerungen ein und verwandeln sie in eine Art Schrein, in dem sie ihr früheres Leben aufbewahren, als wäre die Zeit stehengeblieben. Dann gleicht ihr Gedächtnis einer wertvollen einbalsamierten Leiche: Sie ist die goldene Ära, *die es nie gegeben hat und auch niemals geben wird. Diejenigen, die die Erinnerung und die Vergangenheit wie einen wertvollen Leichnam hüten, werden oft mit Helden verwechselt, weil sie sich der Veränderung widersetzen. In Wahrheit sind diejenigen, die sich einer solchen Art von Erinnerung hingeben, nichts weiter als gescheiterte Helden. Entweder hatten sie Angst oder sie zogen sich aus einer Gegenwart zurück, die für sie allzu schmerzhaft war, um Trost in einer idealisierten Vergangenheit zu suchen.*

Einige Migranten entscheiden sich dafür, mit ihren Erinnerungen eine exemplarische Beziehung zu unterhalten. Sie sind nicht ihre Gefangenen, aber sie versuchen sie auch nicht auszulöschen. Sie leben ihre Herkunft weder als Stigma noch als Schutzschild. Die Erinnerung birgt in diesem Fall keine unbeugsame Tradition, keine Sehnsucht nach den Wurzeln und den Gerüchen, keine angehaltene Zeit, unvereinbar mit der Gegenwart. Es ist kein Grabmal. Es ist Teil eines Selbst, das sich ständig verändert. Es ist ein Sprungbrett, das dem Migranten hilft, Veränderungen mit mehr Aufrichtigkeit und Integrität zu leben und, wenn möglich, auch mit mehr Weisheit. »Auf meinem Weg begegnete ich dem Schmerz, der mich immer weiter voranbringt« lauten die Verse eines Liedes, das die Migranten von Marseille« singen. Diese Begegnung mit dem Schmerz, die uns immer weiter voranbringt, ist die Bedingung par excellance *für die menschliche Existenz. Und unser Erinnern zeigt die Art und Weise, wie wir von der Begegnung mit dem Schmerz erzählen.*

30

Ich hörte Stimmen auf Albanisch: »Der Botschafter ist gekommen, der Botschafter ist gekommen!« Alle, die noch in der Lagerhalle waren, eilen spätestens jetzt heraus. Ich sah, wie ein Laster in unserer Nähe Halt machte und ein etwa fünfzigjähriger Mann mit weißen Haaren, weißem Bart und aristokratischen Zügen ausstieg. Hinter ihm erschien eine Frau und dahinter zwei junge Männer: Der eine trug eine Kamera und der andere etwas, das ich nicht genau erkennen konnte, vielleicht ein Mikrofon. Unsere Vermutungen waren nicht gänzlich unbegründet gewesen: Es war schließlich doch jemand gekommen! Es war nur niemand von den Kandidaten dabei, die unsere Phantasie erschaffen hatte. Der Mensch mit den weißen Haaren und den aristokratischen Zügen war weder amerikanischer noch englischer Botschafter noch der große General der NATO. Er war ein griechischer Filmemacher, hieß Christos und war gekommen, um den tragischen Weg der albanischen Migranten in Griechenland mit seiner Kamera zu dokumentieren.
Als er nach jemandem mit Englischkenntnissen fragte, um sich zu verständigen, stürzten Fahrer und Beifahrer sofort auf mich zu und trugen mich beinahe zu ihm hin. »Sag ihm, was wir hier alles erleiden müssen!«, riefen mir ein paar Leute zu. »Sag ihm, dass die Polizisten uns wie Tiere behandeln, uns nichts zu essen geben, uns nicht mal anständig pinkeln lassen!«, waren einige der Stimmen, die ich in diesem lauten und tragischen Chor ausmachen konnte. Ich weiß nicht, was ich zu Christos sagte. Auch

heute noch kann ich mich nicht daran erinnern, was ich, verdammt noch mal, zu ihm gesagt habe. Ich kann mich nur daran erinnern, dass er mich beiseite nahm, während die beiden jungen Männer, die ihn begleiteten, mit der Kamera in die Lagerhalle gingen, um Filmaufnahmen zu machen. Als die Polizisten sahen, wie engagiert sie ans Werk gingen und ganze Szenen filmten, setzten sie wieder ihre aggressiven Gesichter auf.
Christos und ich begannen über Albanien zu sprechen. Er kannte Ismail Kadare sehr gut und sagte, dass fast alle seine Bücher ins Griechische übersetzt seien. Danach schaute er sich die Menschen an und schien über das Ausmaß des Elends schockiert zu sein. »Weißt du, dass ich an den Kommunismus glaube?«, sagte er zu mir. Ich gab keine Antwort. Er schwieg kurz und fügte dann hinzu: »Aber was habt Ihr fünfzig Jahre lang eigentlich gemacht? Nichts?« Ich sah ihm in die Augen und zeigte danach mit dem Kopf auf meine Landsleute. »Hier kannst du sehen, was wir fünfzig Jahre lang gemacht haben«, sagte ich.
Tatsächlich hätte man bei unserem Anblick dort in Filiates meinen können, dass wir direkt aus einem Konzentrationslager gekommen waren: Die trüben Farben unserer Kleidung – das Regime hatte eine fürchterliche Schwäche für Grau und Schwarz – die ausgemergelten Gesichter, die in den letzten Tagen auch wegen der Kälte, des Hungers und der Müdigkeit einen wilden Ausdruck angenommen hatten, der leere Blick, der dem eines Waisen ähnelte, der Blick eines Menschen, der das vollkommene Unglück, die totale Niederlage erlebt hat.
»Möchtest du mit nach Athen kommen?«, fragte Christos plötzlich. »Was soll ich denn in Athen machen?«, fragte ich zurück. »Arbeit finden«, fuhr er fort. »Du kannst

mehrere Sprachen, du wirst etwas finden. Vielleicht bei einer Zeitung. Bis du Griechisch gelernt hast, kannst du bei mir wohnen.«

Das alles erschien mir wie ein Traum. Ein Unbekannter, den wir uns vorher als englischen oder amerikanischen Botschafter oder General der NATO vorgestellt hatten, bot mir nun an, bei ihm zu wohnen. Ich wollte wirklich aus diesem Chaos hier weg, aus diesem ganzen Elend und Unglück. Ich sehnte mich von ganzem Herzen nach einem Rettungsring, nach einer kleinen Unterstützung, um voranzukommen, um bald auf eigenen Beinen stehen zu können, jetzt, da ich die Welt-jenseits-der-Grenze erreicht hatte. Ohne groß nachzudenken sagte ich zu.

Christos hieß mich warten, und ich sah, wie er auf die Polizisten zuging. Inzwischen war es schon dunkel geworden, und der große Scheinwerfer auf dem Platz war angegangen. Christos kam nach ungefähr zehn Minuten zurück. Er sagte, sie hätten ihm nicht erlaubt, mich mitzunehmen, wir bräuchten dafür eine Erlaubnis vom Bürgermeister. »Ich komme morgen wieder, um mit dem Bürgermeister zu reden«, fügte er hinzu. Mein Instinkt sagte mir aber, dass ich unbedingt an diesem Abend weg musste, dass er mich vielleicht am nächsten Morgen nicht mehr antreffen würde, falls ich nicht noch an diesem Abend wegginge. »Wenn du mich heute Abend nicht mitnimmst, wird es morgen zu spät sein«, antwortete ich. Da nahm er mich bei der Hand, und wir versuchten es noch einmal und gingen diesmal zusammen zu den Polizisten. Am Gesichtsausdruck von Christos sah ich, dass er vorhatte, sie etwas zu umschmeicheln. Sie ließen sich aber nicht erweichen, soweit ich das mitbekam. Einer der Polizisten klopfte mir leicht mit dem Knüppel aufs Revers und begleitete seine Geste mit der Frage: »Moslem,

Moslem?« Ich sah ihn ängstlich an. »Nein, kein Moslem, Atheist!«, entgegnete ich und glaubte, dass ich mich dadurch etwas beliebter machen würde. Ich konnte mich aber davon überzeugen, dass er die Antwort nicht verstanden hatte, weil er sein: »Moslem, Moslem« wiederholte, ohne dass es als Frage gemeint war.
Irgendwann nahm mich Christos, einen Moment des Durcheinanders ausnutzend, bei der Hand und brachte mich zu einem der beiden jungen Männer, die ihn begleiteten, Grigoris. Sie wechselten ein paar Worte. Grigoris machte dann ein Zeichen mit dem Kopf, als ob er irgendeine geheime Botschaft erhalten hätte, packte mich am Arm und zog mich mit. Wir gingen an einigen Polizisten vorbei, die anfangs auf mich zustürmten, aber dann nach einigen Worten aus Grigoris Mund, immer dieselben, uns schließlich vorbeiließen. Er verfrachtete mich auf den Pickup und bedeutete mir, mich nach hinten zu setzen, damit ich nicht gesehen werde. Er gab mir auch eine Decke – mir war nicht ganz klar, wofür sie gedacht war, um mich vor der Kälte zu schützen oder um mich verstecken zu können. Nach einer Weile kamen auch die anderen. Rasch stiegen sie auf, und der Pickup fuhr los. Nach ein paar Sekunden hielt er an. Wieder wollten ein paar Polizisten etwas von Christos. Schließlich und endlich ließen sie ihn passieren.
Mir wurde langsam bewusst, dass das meine zweite Flucht war: Diesmal aus unserer Lagerhalle in Filiates. Grigoris machte mir ein Zeichen, dass ich mich jetzt normal hinsetzen konnte. Es war inzwischen dunkel, und wir entfernten uns von den Polizisten. Durch das Fenster sah ich eine Karawane von Menschen, die zu Fuß gingen. Das waren meine Landsleute, die die Grenze nach Griechenland überquert hatten. Eingehüllt von der Dun-

kelheit glichen sie müden Schatten, die ohne Ziel umherwandelten, Gespenstern, die durch die Nacht irrten und nur einen kurzen Augenblick lang von den Scheinwerfern des Pickups angestrahlt wurden. Da fühlte ich mit einem Mal, wie eine Flut von Tränen in mir hochstieg, und ich brach in Schluchzen aus. Es war, wenn ich mich recht erinnere, der 22. Januar 1991. Und so begann mein Leben in Griechenland.

NACHWORT

Diese Geschichte endet abrupt, obwohl Geschichten über Grenzen grundsätzlich niemals enden: Geschichten über sichtbare und entsetzliche Grenzen wie die in einem totalitären Staat und Geschichten über subtilere, unsichtbare, innere Grenzen wie die in einem fremden Land. Es war nicht meine Absicht, von meinem Leben zu erzählen, von meiner Krankheit, dem Grenzsyndrom, das ja – von einer Krankheit, die auf keiner offiziellen Liste psychischer Störungen aufgeführt ist wie zum Beispiel die Platz- oder die Höhenangst oder die Depressionen. Ich bin einer der Träger des Grenzsyndrom-Virus, ein Träger vielleicht mit geringer Viruslast, wie die Ärzte die Träger des Hepatitis-Virus nennen, deren Organismen Antikörper gebildet haben, um die Aggressivität des Virus zu hemmen. Dennoch ist das Grenzsyndrom genau wie die Hepatitis tückisch und unheilbar. Es verschwindet niemals ganz, ist latent vorhanden, eingezwängt zwischen Raum und Zeit, zwischen dir und dem Blick der anderen, ständig bereit, geweckt zu werden und deine Erinnerungen zu überfluten, deine Stille, deine Milz, deinen Blick, dein Lachen, deine Liebe, deine ganze Existenz. In solchen Momenten spürst du gewöhnlich, dass dein Körper, dein Gesicht, deine Herkunft eine Bürde darstellen. Du würdest dich gerne dieser Last entledigen, und sei es auch nur für einen Moment, sei es auch nur, solange die Überquerung der Grenze andauert. Im Gegensatz zu denen, die selbstgefällig die Parole »Recht auf Unterschied« schreien, hättest du gerne das Recht, dich nicht zu unterscheiden. Du würdest gerne unbemerkt vorbeigehen, am liebsten unsichtbar werden. Solche Dinge aber geschehen nur im Märchen. Und Märchenerzähler sind nicht so häufig vom Grenzsyndrom-Virus befallen. Für gewöhnlich trifft es Träumer, die auf der falschen Seite der Grenze zur Welt gekommen sind und sich deshalb für immer an die Wirklichkeit klammern, in ihrem Versuch, mit Klauen und Zähnen die sichtbaren und die unsichtbaren Grenzen zu überwinden.

Als Träger des Grenzsyndrom-Virus, möchte ich dir einen Traum gestehen: Ich träume von einer Welt ohne Übersiedler und Migranten. Versteh mich nicht falsch! Ich liebe es, zu reisen. Jeder, der unter dem Grenzsyndrom leidet, liebt es zu reisen. Wenn du zu keiner Zeit aus dir herausgehen, deinem Körper, deiner Routine entfliehen willst, dann wirst du auch nie vom Grenzsyndrom-Virus befallen. Ich wünschte mir, dass die Menschen unterwegs sind wie Reisende, Touristen, Studierende, Neugierige, Bohèmiens. Reisen wie Menschen, die sich auf der Suche nach dem Paradies verirrt haben oder Ithaka durch einen lächerlichen Zufall gefunden haben. Wenn es nach mir ginge, würden die Menschen sich nicht auf den Weg machen müssen, wie einst Deutsche, Iren, Italiener, Griechen und wie heute Afghanen, Somalier, Mexikaner, Syrer und viele andere. Denn Migrant zu sein, bedeutet, von vornherein in einer Position der Schwäche zu sein. Und in dieser Welt werden die Schwachen nicht respektiert. Sie werden bemitleidet, doch niemals respektiert. Ich erinnere mich, dass ich in den ersten Monaten nach der Überquerung der Grenze durch Athen lief und ein paar Verse vor mich hin sprach, die ich gerade gelernt hatte: »Und ich ging weiter in der Nacht/ ohne jemanden zu kennen/ und keiner/ und keiner/ kannte mich.« Sie stammen aus einem Lied von Mikis Theodorakis. Diese Verse sind zwar nicht eigens für Migranten geschrieben, sprechen aber allen aus dem Herzen, die in ihrem Leben unter völliger Einsamkeit und Angst vor dem Versagen gelitten haben. Allen, die unter dem Grenzsyndrom leiden.

Ich träume also von einer Welt ohne Migranten. Eine Welt ohne Migranten aber scheint nicht möglich. Eine Welt ohne Migranten ist gleichbedeutend mit einer Welt frei von Armut und Tyrannei, einer Welt vor allem frei von menschlichem Streben, sein Schicksal in die eigene Hand zu nehmen. Eine Welt ohne Migranten und Migration wäre eine langweilige, sinnlose Welt. Im selben Moment, in dem ich von einer Welt ohne Migranten träume, schätze ich mich glücklich, selbst Migrant zu sein. Wenn man es richtig bedenkt, so muss man sehr viel Kraft und Energie haben, um noch einmal ganz von vorn anzufangen, sich mit den Grenzen anzulegen, sich alles von Grund auf neu anzueignen: die Sprache, die Namen der Menschen, die Straßennamen, sich die fremde Stadt vertraut machen. Dass du ein *reinrassiger* Migrant bist, bedeutet, du besitzt Willenskraft und kannst dich an die Wechselfälle des Lebens anpassen: Du verstehst, dass die höchste Tugend des Menschen nichts mit dem Blut der Vorfahren zu tun hat, sondern mit seiner Fähigkeit, sich zu verändern. Das Geheimnis des Glücks ist einfach und schwer zugleich: Des Lebens niemals überdrüssig werden.

Infolge einiger Schicksalswendungen wird dieser Text in Berlin geschrieben. Viele Jahre nach der Geschichte, die ich erzähle. Ich befinde mich auf der Bernauer Straße und schaue auf die Reste der Berliner Mauer. Die Touristen neben mir nehmen die Mauer augenscheinlich als touristische Sehenswürdigkeit oder als historisches Denkmal wahr. Für mich ist es, als sähe ich ein Teil des Skeletts desselben Ungeheuers, das uns damals eingesperrt und das Betreten der Welt jenseits der Grenze verboten hatte. Das Gespenst dieses Ungeheuers werde ich immer mit mir herumtragen, wo ich auch hingehe, so viel ich auch reise, so viele Grenzen ich auch überquere. Wenige Meter vom Skelett des Ungeheuers entfernt sehe ich eine Werbung für Mobilfunk, die die Passanten dazu auffordert, jeden Moment dieses kurzen Lebens zu genießen, in einer Welt, die täglich kleiner wird, in der es keine Grenzen und Mauern mehr gibt. Spontan taste ich nach dem Pass in meiner Jackentasche. Die unüberwindbaren Grenzen und tödlichen Mauern des Kalten Krieges existieren nicht mehr. Die Grenzen und Mauern von heute existieren hauptsächlich in unseren Taschen. Es sind die Reisepässe, die wir mit uns herumtragen. Das merke ich jedes Mal, wenn ich an einer Passkontrolle stehe. Dort scheiden sich die Menschen in solche, die über einen *coolen* Pass und solche, die über einen *schlechten* Pass verfügen. Trägt man einen *coolen* Pass bei sich trägt, überquert man die Grenze ohne Furcht. Die Grenzen werden zu unsichtbaren Linien. Zu einem Spiel der Phantasie, einer geografischen Linie, durchscheinend, wie mediterranes Licht. Wenn du einen *schlechten* Pass bei dir trägst, leidest du unter dem Grenzsyndrom. Dann wird jedes Überqueren der Grenze zu einem unvergesslichen Ereignis. Zu einem Teil deines existenziellen Tagebuchs. Und je mehr Grenzen man vor dir aufbaut, desto verbissener setzt du dir in den Kopf, sie zu überqueren. Ich gehöre noch zu jenen, die über einen *schlechten* Pass verfügen. Der griechische Pass zählte einst zu den *schlechten* Pässen. Heutzutage gehört er zu den *coolen*. Ich habe ihn nicht. Ich weiß nicht, ob ich ihn jemals bekommen werde. Derzeit überquere ich die Grenzen mit einem *schlechten* Pass, der einst, wer weiß wann, hoffentlich auch zu einem *coolen* wird. Der Blick eines Polizisten, der einen *coolen* Pass kontrolliert, ist gewöhnlich menschlich und gelassen. Der Blick eines Polizisten, der einen *schlechten* Pass kontrolliert, ist gewöhnlich misstrauisch. Er schaut einen an, er schaut einen noch mal an. Er befragt einen, er befragt einen noch einmal. Er stellt einem die unwahrscheinlichsten Fragen. Und man gibt die wahrscheinlichsten Antworten. Und er stellt einem nochmals die unwahrscheinlichsten Fragen. Und man gibt nochmals die wahrscheinlichsten Antworten – während man auf den Stempel wartet, um auf die andere Seite der Grenze zu kommen, auf die andere Seite der Welt. Wenn man einen *schlechten* Reisepass besitzt, erhält die Grenze ihr altes Aussehen zurück; sie wird wieder zu dem, was sie war und was sie immer sein wird: ein finsterer Ort. Es gibt Grenz- und Zollstationen, an denen ein Nachfahre von Migranten den Pass kontrolliert. Seine Eltern sind vielleicht irgendwann mal selbst mit einem *schlechten* Reisepass angekommen. Oder versteckt in einem Eisenbahnwaggon oder in der Dunkelheit eines Lastkahns. Vielleicht haben sie ihre Reisepässe zerrissen, damit sie nicht abgeschoben werden. Jetzt kontrolliert er, hier geboren von Eltern, die einst woanders herkamen, andere Menschen, die über einen *schlechten* Reisepass verfügen. Andere Menschen, die vielleicht mit derselben Leidenschaft die Grenzen überqueren, hierher einwandern, hier Wurzeln schlagen wollen, damit ihre Kinder in der Zukunft einen *coolen* Reisepass bekommen. Auf diese Weise wechseln die Träger des Grenzsyndroms ständig Herkunft, Namen, Land. Ihr Blick auf die Grenze und der Blick der Grenze auf sie bleiben aber genau gleich, durch alle Zeiten. Weil diese Welt, meine liebe Leserin, mein lieber Leser, in Zyklen verläuft. Und zuweilen geht sie vorwärts, reißt alte Grenzen ein und schafft neue. Unabhängig von der Seite der Grenze, auf der wir uns befinden, sind wir jedenfalls alle Migranten, mit einer befristeten Aufenthaltserlaubnis für diese Erde. Wir sind lediglich auf der Durchreise und nicht aufzuhalten.

Berlin, August 2008

INTERVIEW MIT GAZMEND KAPLLANI

Gilt dir das Albanien von heute noch immer als »Heimat«, *homeland, patrida*?

Als Migrant, als Reisender habe ich mehr Jahre meines Lebens fern von Albanien als im Land gelebt. An einem bestimmten Punkt meines Lebens habe ich mich gefragt: Wieviel Heimat steckt noch in dir? Feststeht, ich bin ein Kosmopolit, im Montesquieu'schen Sinne, *also ein Mensch, der an keinem Ort ein Fremder ist*. Zugleich ist in mir ein starkes albanisches Element *virulent*. Alle meine Sujets und Figuren, die Protagonisten aller meiner Bücher kommen aus Albanien und kehren dorthin zurück. Aus diesem Grund betrachte ich mich als einen eminent albanischen Schriftsteller.

Wir lesen heutzutage in der deutschen Presse so manches über das stalinistische Regime unter Enver Hodscha: es heißt, diese historische Periode sei nicht gründlich oder überhaupt nicht aufgearbeitet; alte Funktionäre des Regimes bekleiden noch heute hohe Positionen in der politischen und sozialen Hierarchie – sattelfest und bejubelt.

Der große britische Historiker Tony Judt sagt, dass die Europäer beinahe über das gesamte 20. Jahrhundert einen Bürgerkrieg geführt haben. Die großen europäischen Nationen haben einander in zwei Weltkriegen bekämpft und ihre großen Heimatländer zerstört. Aber sie haben auch unsere kleinen Heimatländer zerstört, die mit den Ursachen oder Auslösern dieser Kriege nichts zu tun hatten. Noch heute stößt du auf dem kleinen Territorium Albaniens auf Gräber von Soldaten aus mindestens sieben europäischen Armeen, die während der Balkankriege 1912–1913 und dann im Zweiten Weltkrieg dorthin zum Kämpfen abkommandiert waren. Du wirst jedoch kein einziges Grab eines albanischen Soldaten auf dem Territorium eines anderen Landes finden, was den Schluss zulässt, dass die Albaner den anderen Ländern kein Leid zugefügt haben – und in einem so blutigen Jahrhundert wie dem 20. ist das etwas wirklich Exzeptionelles.

Im Gegenzug haben wir Albaner uns gegenseitig sehr viel Leid zugefügt.

Ich wurde inmitten dieses europäischen Bürgerkriegs, im Kalten Krieg geboren. 1945 geriet Albanien unter das stalinistische Regime, entstanden aus der Zerstörung und dem Grauen zweier Weltkriege. Das blutrünstige Regime hielt das Land für ein halbes Jahrhundert isoliert und verwandelte es in einen tristen, paranoiden Menschenzoo, in dem jedoch selbst die Zoobesucher verboten waren. Ein erniedrigendes Bild, ja. Aber tatsächlich war die Konsequenz der hermetisch abgeriegelten Grenzen die Erniedrigung einer ganzen Nation, die, in einem beinahe homerischen Sinne, der Inbegriff von Stolz war. Das politische und kulturelle Desaster, das daraus resultierte, ist nur schwer zu beschreiben; seine Auswirkungen werden noch weitere Generationen beschäftigen. Diktaturen dieser Art sind wie Atombomben.

Albanien lässt sich nur begreifen, wenn man es auch als festen Bestandteil der mühsamen, qualvollen, aufgewühlten Geschichte Europas insgesamt beurteilt, d. h. wenn man es als Teil Osteuropas während des Kalten Kriegs betrachtet.

Wenn ich die Essays von Ryszard Kapuściński oder Joseph Brodsky lese, finde ich dieselbe Gefühlslage wieder wie die meinige unter der stalinistischen Isolation. Es kommt auch nicht von ungefähr, dass der Epilog meines Buchs in der Bernauer Straße, vor den Resten der Berliner Mauer geschrieben wurde.

Apropos: ich bedaure, dass die Mauer abgetragen wurde! Sie hätte als Museum der Trauer, als Mahnmal unserer gemeinsamen europäischen Geschichte erhalten werden müssen. Menschen wie ich tragen den Schatten jener Mauer immerdar mit sich. Und das ist der Grund, weshalb ich vom Grenzsyndrom spreche.

Zum Thema Aufarbeitung *in concretis*: Einerseits haben wir es mit einem kleptokratischen und mafiösen Kapitalismus zu tun, andererseits mit einer finsteren Vergangenheit, die Tag für Tag unser Gewissen vergiftet hat. Wir müssen uns der quälenden Gewissensfrage stellen, was die Deutschen schon lange und beispielhaft getan haben, nämlich zu klären: wie ist es möglich, dass ein Großteil der albanischen Gesellschaft zum Erfüllungsgehilfen, zum Komplizen eines so unmenschlichen Regimes geworden ist? Genau darum geht es ja. Doch um dieser großen Verpflichtung nachkommen zu können, bedürfen wir einer kleinen Unterstützung seitens der europäischen Freunde. Nach so vielen Jahren der Selbstisolation müssen wir uns als Teil des europäischen Kontinents fühlen, als Teil der Europäischen Union. Für uns ist das eine existenzielle Frage. Erst als die Menschen eines gewissen wirtschaftlichen Wohlstands teilhaftig waren und eine neue Generation herangewachsen war, die sich gegen das Schweigen der Väter und Großväter gerichtet hat,

waren sie imstande, diese schmerzhaften Themen anzugehen. Ist dem etwa nicht so?
Wenn auch auf chaotische Weise, doch die albanische Gesellschaft hat sich verändert und große Fortschritte gemacht, bedenkt man, wo das Land noch vor dreißig Jahren stand. Das wird mir jedes Mal bewusst, wenn ich jungen Menschen begegne. Es stimmt, viele von ihnen wollen Albanien verlassen – und das ist eines der größeren Probleme. Aber sie tun das auf eine völlig andere Weise, als wir es getan haben. Wir waren isoliert und aus der Zeit und dem Raum gefallen. Die jungen Albaner und Albanerinnen von heute sind zeitlich und räumlich mit Europa und mit der Welt verbunden. Aber nicht alle jungen Leute wollen weg! Ich treffe viele, die in Albanien bleiben und eine bessere Zukunft für ihr Land erhoffen.

> Eine deutsche Freundin, die seit Jahrzehnten in Griechenland lebt, hat beim Stichwort Albanien sofort das Thema auf die *Burrnesha*[5] gebracht.

Ehrlich gesagt, meine Neugier für die *Burrnesha* ist gleich null. Für mich ist Albanien keine exotische Wesenheit. Überdies gibt es auch gar keine *Burrnesha* mehr in Albanien. Es existiert nur noch diese Neugier seitens der AnthropologInnen. Mich interessiert viel mehr die Stellung der Frau in der heutigen albanischen Gesellschaft oder auch ihre Position in den Einwanderungsländern. Wie gelingt oder misslingt die Emanzipation. Deshalb hege ich große Neugier und ein lebhaftes Interesse gegenüber

5 Als eingeschworene Jungfrau wird auf dem Balkan eine Frau bezeichnet, die in ihrer Familie und in der Gesellschaft die Rolle eines Mannes übernimmt und dabei völlig auf sexuelle Beziehungen, Ehe und Kinder verzichtet.

der Arbeit von Künstlerinnen mit albanischen oder kosovarischen Wurzeln wie Andrra, die auf Albanisch singt und in Berlin lebt; oder Pop-Sängerinnen wie Dua Lipa, Ava Max, Bebe Rexha usw. Ist es denn nicht bemerkenswert, dass das weltweit verbreitete Gesicht Albaniens heute ein weibliches ist! Ich will herausfinden, wie die Wirkung dieses Phänomens auf die albanischen Frauen in Albanien und im Kosovo ist.

Als die griechischen Autoritäten dir nach vierundzwanzig Jahren und vielen Verdiensten im Land die griechische Staatsangehörigkeit verweigert haben, welche waren deine Reaktionen? Sicherlich war es ein Schlag in den Magen, eine brutale Schmach, eine bodenlose Enttäuschung?

Das ist eine sehr schmerzhafte Geschichte. Es handelt sich tatsächlich um einen echten juristischen und politischen Skandal; zugleich ist die Geschichte sehr komplex. Denn in Griechenland bin ich zu einem überaus bekannten Schriftsteller und Journalisten geworden, ich zählte auf eine Leserschaft von Rang und Namen, die mich bewundert und geschätzt hat. Und das noch heute tut. Doch genau aus diesem Grund geriet ich auch ins Visier obskurer Apparate des griechischen Staats und der Faschisten[6]. Griechenland ist ein besonders ungastliches Land gegenüber jedwedem, der einer Minderheit angehört – mit Ausnahme der Minderheit der Touristen.

Die griechische Kirche, ein wahrer Staat im Staat, ist fremdenfeindlich und rassistisch auf geradezu aggressive

6 Χρυσή Αυγή Goldene Morgenröte – rechtsextreme, neonazistische Partei

Weise. Der griechische Staat ist einer, der gegenüber den Begriffen »Minderheit« und »Unterschied« eine abgrundtiefe Verachtung hegt – es sei denn, es handelt sich um griechische Minderheiten in anderen Ländern, dann ja, ist das Konzept »Minderheit« ein sehr beliebtes und wird gerne gebraucht und noch lieber missbraucht. Seit dem Jahr 2003 bis zu dem Moment, da ich Griechenland verlassen habe, wurde ich vom griechischen Geheimdienst systematisch erpresst und von den Faschisten[7] bedroht.
Auf der Gegenseite, da steht die griechische Linke, die zwar gastfreundlicher und gegenüber Einwanderern offener ist, jedoch häufig von einer stark populistischen und extrem autoritären Mentalität beherrscht ist. Diese Linke kann gegenüber einem kritischen und unabhängigen Denken äußerst misstrauisch sein, besonders wenn dahinter Personen stehen, die sich am Rande des Systems befinden. In der Tat, Einwanderer wie mich, also jene, die die Regeln des Systems herausfordern und sich nicht den Mund verbieten lassen, sieht die Linke als »verdächtige Personen«, als unerwünschte, als gefährliche Individualisten. Wir lieben den Einwanderer nur, wenn wir ihn auch kontrollieren können, nur wenn dieser uns in unserer Überlegenheit bestärkt. Es ist der gleiche Typ Rassismus, wie die liberalen Weißen ihn gegenüber den »Schwarzen« (den »Niggern«) pflegten, wie von James Baldwin meisterhaft beschrieben.

Es war in der Tat die regierende Linke, die auf die zynischste Weise, die man sich nur vorstellen kann, meinen

7 2010 – offene Morddrohungen anlässlich einer Buchpräsentation in Athen. Das war der Moment der Entscheidung: dieses Land zu verlassen.

legitimen Antrag auf die griechische Staatsangehörigkeit abgewiesen hat. Indem sie das tat, ist sie paradoxerweise einem der großen Anliegen der extremen Rechten und der griechischen Neonazis nachgekommen. Dennoch, abgesehen von ein paar griechischen Intellektuellen, zwei oder drei waren es – blieb die Mehrheit stumm, wiewohl diese Mehrheit glühende Solidaritätsbekundungen für ihre griechischen Mitbürger schreibt, die in die USA oder nach Deutschland eingewandert sind.

Griechenland nach so vielen Jahren zu verlassen, Jahren voller Begeisterung für meine Arbeit, leidenschaftlicher Hingabe und enormer Anstrengungen, habe ich als regelrechte Verstümmelung auf kultureller und persönlicher Ebene erlebt: als hätte man mich eines oder mehrerer Gliedmaßen beraubt. Die Spuren, die dieser Gewaltakt in mir hinterlassen hat, sind tief, und ich hoffe, sie literarisch eines Tages verarbeiten zu können: Mir daraus eine Lebensphilosophie zu schmieden.

Meines Dafürhaltens bin ich jetzt, da ich in den USA lebe, mehr Europäer geworden. Hier habe ich die Möglichkeit, die moderne europäische Geschichte zu unterrichten. Meine Herkunft aus dem Balkan gestattet mir einen anderen und vielschichtigeren Blick auf Europa. Ich vermittle meinen Studenten viel Wissen über die Balkanstaaten und Osteuropa, damit sie lernen: Europa ist nicht gleichbedeutend mit jenen sechs oder sieben reichsten nordeuropäischen Ländern. Das tue ich auch in meinen Büchern, so glaube ich zumindest. Ich erzähle die Geschichte Europas, gelebt und gesehen von seinen Grenzen und seinen Peripherien aus; denn von diesem Blickwinkel aus, davon bin ich fest überzeugt, ist sie viel besser zu beobachten. Auf persönlicher Ebene hat sich der Wechsel von Griechenland nach Amerika als recht dramatisch erwiesen. In Griechenland war die Situation so, dass ich mich im Mittelpunkt der Aufmerksamkeit, um es mal so auszudrücken, befand – im Positiven wie im Negativen. In den USA habe ich auch sehr viel Großzügigkeit erfahren; ich habe fast die ganze Zeit in amerikanischen Universitätscampussen gelebt, wo es sehr liberal zugeht und Rassismus ein Fremdwort ist, und so auch in Städten wie Boston und Chicago, wo ich noch immer lebe, und wo es nicht nur liberal, sondern tatsächlich multikulturell zugeht. Was politisch in Amerika im Moment geschieht, das habe ich auf mittelbare Weise in den Gesprächen und Diskussionen mit Freunden und Fremden erlebt. Es ist ein Moment von großer Tragweite für Amerika, für seine politische und wirtschaftliche Zukunft. Was den Rassismus angeht, habe ich in diesen Jahren nur einen irren Moment erlebt. Vor einigen Monaten wollte ich die Bücher meiner Bibliothek von Boston nach Chicago transportieren, wo ich eine neue Stelle, als Ordinarius des Lehrstuhls für Albanische Studien, an der DePaul University gefunden hatte. Übers Internet fand ich einen Transporteur; es war eine junge russischstämmige Amerikanerin, die in New York als Modell arbeitete. Anfangs lief alles gut, bis sie auf halbem Weg anfing, mich zu erpressen, und mehr Geld verlangte. Was mich schockiert hat, war ihre rassistische Sprache: Ich weiß nicht wie und warum, jedenfalls war sie überzeugt, dass ich ein Einwanderer ohne Papiere sei, obendrein ein Moslem, und so hat sie sich gedacht, sie könnte mich erpressen und ich wäre ihr ausgeliefert. Letztendlich musste ich die Polizei um Hilfe bitten, um wieder in den Besitz meiner Bücher zu gelangen: Die Fahrerin hatte sie einfach in die Mülltonne einer Staatsbank in New York geworfen.

Heute beschäftigst du dich auf wissenschaftliche Weise mit den verschiedenen albanischen Identitäten … Mich hat die Ethnie der Arberesh immer schon fasziniert, der Mythos Skanderbeg – ein Volk von atemberaubender Vitalität. Was ist von ihnen in den Albanern geblieben?

Die Albaner waren immer schon ein Volk in der Diaspora, hatten eine Kultur der Diaspora. Auch aus diesem Grund war die Isolation durch das stalinistische Regime eine große Verstümmelung, denn die freie wissenschaftliche Forschung war abgeschafft, kein ausländischer Forscher durfte die Quellen und Archive in Albanien benutzen. Fünfzig Jahre lang waren die Albanien-Studien von der Landkarte der Akademischen Welt verschwunden.
Dieser Lehrstuhl, den ich heute bekleide, wurde dank einer Schenkung von Hidai Eddie Bregu einem Mann mit Visionen von einer amerikanisch-albanischen Diaspora gegründet. Der Moment ist ideal, die Aufmerksamkeit ist groß.
Was die Geschichte der Arberesh in Italien angeht, ist das wirklich eine ganz außerordentliche Geschichte. Die Arberesh sind die Träger einer mehrsprachigen multikulturellen Identität. In ihnen ist die Idee verankert, dass sie die direkten Erben einer durch den Tod von Skanderbeg entzweigebrochenen Albanischen Geschichte sind – in eine Westliche und in eine Östliche, in Europa und in das Ottomanische Reich.
Wir wollen unsere amerikanisch-albanischen Studenten in die Dörfer der Arberesh in Süditalien bringen, damit sie mit dieser so vitalen, reichen und außerordentlichen Kultur in Berührung kommen. Zur gleichen Zeit wollen

wir auch den Akzent auf die albanische Immigration der neueren Zeit setzen. Deshalb wird eine der ersten Künstlerinnen, die wir nach Chicago einladen, Andrra sein, eine ganz außergewöhnliche Komponistin, Albanerin aus dem Kosovo, die in Berlin lebt.

Gazmend Kapllani
November 2019

Die Fragen stellte und die Antworten aus dem Italienischen übersetzte Monika Lustig.

Gazmend Kapllani, geb. 1967 in Lushnja, Albanien, nahe der Lagune Karavasta, die die Stadt unter dem stalinistischen Regime, von vielen Verbannungsdörfern eingekreist, mit der Adria verbindet. Nach dem Sturz Enver Hodschas gelangte Gazmend Kapllani die Flucht zu Fuß nach Griechenland; früh schon erkannte er Sprachen als die ersten Grenzen. Heute gilt er als polyglotter und in vielen Ländern gefeierter Autor. Nach einer Einwandererkarriere als Tellerwäscher, Hilfsarbeiter hat er an der Universität Pantio in Athen promoviert und u. a. für griechische Tageszeitungen geschrieben. 2012 Fellow Radcliffe Institute, Harvard. Heute unterrichtet er albanische Sprache und Kultur an der DePaul-University, Chicago. Ihm ist die Ohridforelle, im sehr alten, tiefen Ohridsee an der albanisch-nordmazedonischen Grenze gewidmet.

Die Übersetzerin dankt dem Freundeskreis zur Förderung literarischer und wissenschaftlicher Übersetzungen e. V., Heidelberg, für das großzügig gewährte Stipendium.

MIX
Papier aus verantwortungsvollen Quellen
FSC
www.fsc.org
FSC® C089473

Deutsche Erstausgabe

Originaltitel: Μικρό ημερολόγιο συνόρων (Livanis Athen)

Die Übersetzung wurde auf der Grundlage des vom Autor genehmigten griechischen Originaltextes (in digitaler Form) vorgenommen.

Übersetzung: Nina Bungarten
Lektorat und Übersetzung des Interviews auf den Seiten 165 bis 174 aus dem Italienischen: Monika Lustig
Umschlaggestaltung (auf Basis einer Ölkreidezeichnung von Gabriele Scattu), Layout und Satz: Fagott Ffm
Gesetzt aus der: Cochin und der Conduit
Gedruckt auf säurefreiem und chlorfrei gebleichtem Papier 120 g/qm Munken Premium cream
Druck und Bindung: Beltz Grafische Betriebe, Bad Langensalza

Printed in Germany
ISBN: 978-3-9819763-5-9